的存在，喜歡逗弄宮成
茜、教導她調情的技
巧。
卸妝後是清秀斯文的男
性，偶爾會露出一絲憂
愁，變得冷漠不多話，
不喜他人靠近。

米迦勒
耿直正義的大天使，強勢、咄咄逼人，但對男女之事非常無知。
容貌威嚴俊美，
氣質高傲冷漠，
神聖凜然不可侵犯。

GOBOOKS
& SITAK
GROUP©

GOBOOKS
& SITAK
GROUP ©

三日月書版

三日月書版

Author帝柳 Artist愁音
惡魔調教
Project
4
輕世代
FW244
三日月書版

on Project

Tuning Dem

目錄 Contents

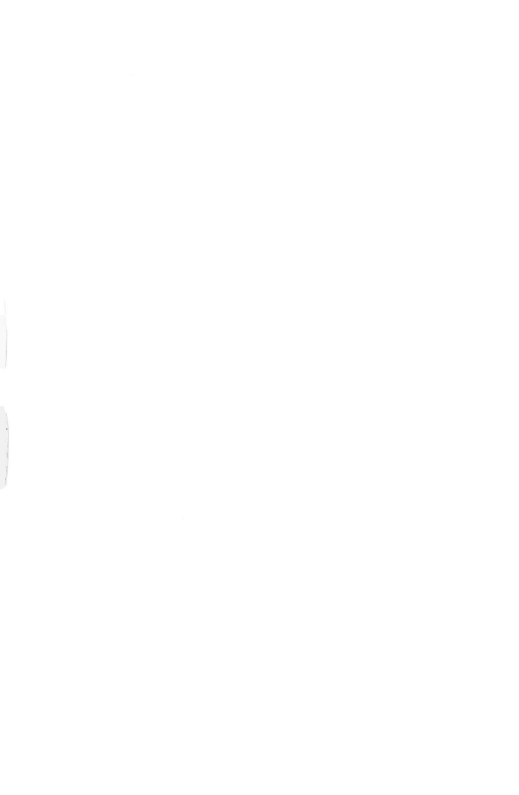

序章

正與邪的對立

Tuning Demon Project

地獄名冊上記載著，阿斯莫德在地獄中地位有如大將一般，是僅次於路西法的四大天王之一。雖然好色出名，其實頗富深沉智慧與謀略。身穿一套龍鱗盔甲，飼養一頭飛龍坐騎，唯一的死穴就是大天使米迦勒。

天界名錄上記載著，米迦勒是天界中戰神一般的存在，最受神的寵愛與信賴，更是天神指定的伊甸園守護者，也是唯一具有大天使頭銜的靈體。後來卻相當避世，總是流露出了無生趣的模樣，但在天界裡仍是人人敬畏的對象。身穿一襲純白長袍，腰間掛著金色浴火鳳凰羽毛，目前為止能讓他掛心的對手只有阿斯莫德。

這兩人雖然是天使與惡魔的對立關係，實際上真正讓他們結下梁子的原因，卻是由於一位人界的女性。

「從過去到現在，我唯一承認的吾愛，只有莎拉一人。」

阿斯莫德曾經這樣說，神情鄭重。

莎拉是一名住在米底亞城的女子，一生坎坷，改嫁七次卻總落得悲慘下場，阿斯莫德在她人生中扮演著相當重要的拯救者角色。

宛如救世主的惡魔。

說來諷刺，然而事實就是這麼回事，不過這都是在阿斯莫德認識宮成茜之前的事了。

再說說米迦勒這個人，聽了好友拉斐爾的話，不惜背負巨大風險來到地獄，只為尋求讓他得以排遣無聊的最後希望——也就是宮成茜。

究竟宮成茜能不能為自己帶來樂趣，米迦勒至今為止還無法確定，可是帶來麻煩的速度倒是挺快。

「原來……你不過是這種人啊，米迦勒。」

米迦勒緩緩轉過頭，見到聲音主人的同時，立刻收起原先對宮成茜的不知所措情緒。至於被壓在地上的宮成茜，一臉訝異地看著洞口前的身影，愣愣地吐出一個對她而言再熟悉不過的名字。

「——阿斯莫德？」

地獄裡的大將、四大天王之一的惡魔阿斯莫德，殺氣凜然地出現在宮成茜與米迦勒眼前。

「等等，阿斯莫德，不是像你想的那樣啦！」

宮成茜急忙解釋，米迦勒卻反過來一把抓住她的手。

「不許動。」米迦勒命令道，口吻冷酷強硬。

「欸？」

宮成茜有些愣住，現在在演哪一齣？

「妳現在跟我在一起，不能到那惡魔身邊。阻止世人和惡魔接觸，也是身為天使的責任之一。」

米迦勒說得正氣十足，抓住宮成茜手部的力道沒有鬆懈，讓宮成茜不由得感到一絲疼痛。

「可是……」

「不用說了，宮成茜。」

站在洞穴入口的紅髮惡魔，出聲打斷宮成茜。

宮成茜已經很久沒在阿斯莫德臉上看到這種表情。那是只有先前對上別西卜時，她才見過的可怕神情。

她不是很清楚這兩人之間的恩怨情仇，不過從劍拔弩張的氣氛來看，戰火一觸即發。

「米迦勒，放開宮成茜，沒看到她很困擾嗎？天使就是這種不通人情的生物。」

阿斯莫德一手扠腰，對著前頭的米迦勒命令。

「阿斯莫德，你哪隻眼睛看到她困擾了？她困擾與否不是由你說了算。」

米迦勒毫不退讓，將宮成茜拉到自己身後。

「有我米迦勒在，不會讓她受到邪惡惡魔的騷擾。」

「那個，你是不是誤會了什麼……等等，以你的立場來看的確是……」

突然覺得腦袋打結，宮成茜想告訴米迦勒，阿斯莫德不會對自己造成威脅，但米迦勒身為天使，怎樣都很難相信她這套說詞吧？

怎麼辦，她不想見到這兩人打起來啊！

明明事情沒有那麼嚴重，單純只是一場該死的誤會，她真不希望局面演變得不可收拾……

「一決勝負吧，阿斯莫德！」

米迦勒以身護住宮成茜，同時一手擋住她的去路，雖是好意，但對宮成茜而言真是造成了困擾。尤其是在米迦勒對阿斯莫德宣戰後，宮成茜急得就像熱鍋上的螞蟻！

「你聽我說米迦勒，事情絕對不是你想的那樣！」

「妳被迷惑得很嚴重吶，聽妳這麼說我更加確信，一定要打倒眼前這個誘惑妳的魔鬼。」

「就說完全不是那麼回事了啦！」

到底該怎麼做比較好？總覺得她越解釋，情況就變得越糟糕……宮成茜頭痛得不得了，這個米迦勒怎麼像頭牛一樣聽不進人話啦！

「呵，可笑，在這種情況與我一決勝負？米迦勒，你以為自己還是當年那個全盛時期的自己嗎？我可是聽說了，近年來，你的戰力不如以往。」

阿斯莫德冷笑一聲，仍是一副游刃有餘的模樣，散發邪惡的魔王氣場。

「你從哪聽來如此不可靠的小道消息？無妨，我們直接一戰，讓你親自體會消息是否為真。準備被我打得落荒而逃吧。」

米迦勒眉頭一皺，準備隨時亮出武器。

「無趣——」

阿斯莫德扭了扭自己的頸子，「你還是跟以前一樣，是個徹底無趣的男人啊，米迦勒。」

「你說什麼？」

米迦勒眉頭皺起，語氣中流露出明顯的怒意。

「我說你是個無趣的男人，米迦勒，要我說多少次都樂意奉陪。」

阿斯莫德嘲諷地挑起嘴角。

米迦勒臉色一沉，「阿斯莫德……你會為這句話付出代價。」

「代價？那也要你做得到。」

阿斯莫德好像刻意想激怒對方，說起話來毫不留餘地。

「喂，阿斯莫德！你不要這樣刺激人啦！我說你們都誤會了——」

她不瞭解這兩人過去究竟有什麼深仇大恨，可是假如為了這麼一點點的誤會而開戰，就真的太愚蠢了！

「宮成茜，別忘了自己的身分，在吾等面前，妳不過是區區人類。」

「什麼？」

對於阿斯莫德突如其來的一句重話，宮成茜感到無法理解。

阿斯莫德這個紅髮風騷大叔腦袋是壞了嗎？這種貶低她的話以往可曾沒說過啊！

「看來……你是真的很想一戰，惡魔阿斯莫德！」

米迦勒的眼神更加凌厲且殺氣騰騰。

「正有此意，我還擔心你不敢出手呢，無趣的大天使米迦勒。」

絲毫沒有半點退卻……不，應該說就是正中自己下懷，阿斯莫德嘴角挑起一笑。

「你們真是一群大笨蛋！」

這兩人非要開打嗎！宮成茜覺得自己快被氣到暈倒了。

阿斯莫德亮出了武器，許久不見的「龍之逆鱗」，一柄刻有火焰與龍紋的金屬長槍。宮成茜永遠記得，唯有能夠駕馭龍的人才有辦法拿起這柄長槍，否則會無比沉重。

當阿斯莫德拿出這把長槍，宮成茜就知曉這將是一場毫無退路的戰鬥了。她噤下一口口水，看向自己身前的米迦勒。

留著一頭金色長髮的大天使，輕輕地閉上雙眼，深吸一口氣，握緊的拳頭鬆開之際，一把宮成茜從未見過的武器便握在他手裡。

「也好，我的『神之武』很久沒有會會你這個……手下敗將了。」

米迦勒手裡的「神之武」，一把散發金色光芒、握把雕刻著桂冠圖騰與符紋的大劍，正氣凜然，完全符合它威武的名字。

另一方面，宮成茜也擔心，米迦勒的言下之意就是阿斯莫德曾經敗在他手下？

這麼說來，阿斯莫德不是更沒勝算了？

天使出手的話，身為惡魔的阿斯莫德會不會真的沒命啊？

越想越擔心，但是她無論怎麼勸阻都沒用，眼看局面就要變成宮成茜最擔心的情況時，阿斯莫德突然改變心意，手裡的「龍之逆鱗」瞬間消失。

咦？怎麼回事？

一頭霧水的宮成茜不禁在心底這般問道。

「你臨時怯戰了嗎？阿斯莫德。」

米迦勒眉頭一皺，壓低嗓音質問對手。

「真是誤會，大天使。」

阿斯莫德聳了聳肩，「我只是覺得像往常那樣決鬥實在太無趣了。你不是想追求有趣的事嗎，那就讓我告訴你一個更有意思的對決方法。」

不妙。

聽到這句話的當下，宮成茜有不祥的預感，一個風流成性又壞心的大惡魔，不要想他的「有趣」會正常到哪去！

「你說說看，是怎樣的有趣法？不過別以為這樣我就會放過你。」

米迦勒也暫時收起武器，神之武散發出來的光輝消散，兩人之間對峙緊繃的氣氛似乎稍稍舒緩了些。

阿斯莫德伸出手，指向一臉茫然的宮成茜。

「我的方法就是……讓宮成茜當評判人。」

「哈啊？」

等等，怎麼又把事情推到她身上了啊！

這個可惡的阿斯莫德，自己惹出來的禍端自己處理啊！

「讓宮成茜當評判人……哼，這倒是出乎我的意料，允許你繼續說下去。」

米迦勒一手托著下巴，金色的眉頭微挑。

「我可沒要讓你說下去啊！阿斯莫德，不要把我牽連進去啦可惡！」

宮成茜大聲咆哮。

「宮成茜妳安靜點，大人之間的談話輪不到妳插嘴。」

「什、什麼大人之間的談話！」

這個紅髮惡魔是把她當成小孩子嗎！

無視宮成茜的怒火，紅髮惡魔笑著說出他所謂「有趣」的方法：「我的方法便是——讓宮成茜感到愉悅之人就算勝出。」

第一章

惡魔的下流使倆

Tuning Demon Project

什麼評判，根本就是把她當樂子！

該死的阿斯莫德以為她是可以隨意玩弄的賭注品嗎？完全沒有考慮她的心情與立場！

宮成茜氣得想直接亮出武器，乾脆聯合米迦勒打倒阿斯莫德算了。

沒想到站在面前的米迦勒竟說：「愉悅？這還不簡單，還真是選了一個對你不利的方法啊，阿斯莫德。」

「欸？」

宮成茜一度以為自己聽錯了，米迦勒真的懂得愉悅兩字背後的真正意義嗎？

由一名惡魔說出的愉悅，案情絕對不單純。

「哦？真是出乎意外，想不到我們聖潔的大天使也懂得如何取悅人間女子？真是深藏不露。」

阿斯莫德雙手抱胸，一如既往以調侃的口吻回應。

「人間的女子，最大的愉悅不就是信仰神嗎？」

「咦？」

等等，宮成茜再度懷疑自己的耳朵是不是聽錯了。

信仰於神就是……人間女子的最大愉悅？

這肯定有什麼天大的誤會！

米迦勒看宮成茜露出傻眼的表情，再看到阿斯莫德忍不住嗤笑出聲，他不解地問：「笑什麼？又有什麼好震驚的？怎能懷疑對神的信仰！」

「那個，米迦勒……」

雖然由她啓齒好像不太妥當，可是宮成茜真的聽不下去了。

「你是不是誤會了什麼？阿斯莫德所說的愉悅絕對不是你想的那樣。」

宮成茜汗顏，同時也覺得米迦勒這種單純的思想有些可愛，相較之下，聽得懂阿斯莫德所說的自己……怎麼顯得有點齷齪？

「不是我說的這樣？那又是如何？對我而言，能夠感到愉悅的對象只有全心信仰。」

「那是對你而言啊……米迦勒……」

面對一臉正經的大天使，宮成茜都不知道該怎麼吐槽了，她只能板著如死魚般無神的眼神望著對方。

正思考著到底該如何向米迦勒解釋時，提出邪惡建議的罪魁禍首開口了。

「米迦勒，我們少說也認識好幾百年，你還是如此天真爛漫。」

沒有給米迦勒回嘴的機會，阿斯莫德又說：「我所指的愉悅，就是讓宮成茜感到肉體上、官能上的愉悅——別說你不曉得亞當和夏娃如何生下人類後代。」

此話一出，米迦勒臉色丕變，彷彿就連呼吸都停住一般，睜大雙眼直愣愣地瞪著阿斯莫德。

「你！你這個下流的惡魔！膽敢用這種齷齪的事質問我！」

米迦勒怒指阿斯莫德，在旁的宮成茜覺得他快要再度拿出武器砍人了。

「都知道我是惡魔了，這種話由我口中說出也沒什麼吧？倒是米迦勒，何必把人類交媾講得如此骯髒？神的旨意就是要讓他們生下後代的呀。」

阿斯莫德老神在在，一手挖了挖耳朵。

「喂，那不是重點，我從頭到尾都沒答應要讓當你們的試驗品！」

絕對不能姑息，宮成茜逮到機會就對著面前兩人大喊。

「妳說什麼呢，那明明是愉悅的享受。妳嘴巴這麼說，身體還是會誠實反應的。」

「才不會！我才不會像你說的——」

宮成茜話還沒說完，阿斯莫德不知何時瞬間移動到她身邊，一把攬住她的腰，讓她投入自己的懷抱。

「唔！」

柔軟的雙唇湊近、貼上，強硬地撬開宮成茜的貝齒縫隙，舌頭在溫熱的口腔之中肆意侵略。

「唔、唔唔……」

腦袋一片混亂，宮成茜不由得發出嗚咽，同時感覺有東西流入她的喉嚨之中，冰冰涼涼的，還帶點甘甜的滋味。

「妳的嘴巴太礙事了，這下子應該就能安靜點。」

阿斯莫德的吻終於結束，他伸出緋舌舔了舔上嘴唇，壞心地勾起一笑。

「你！你做什麼！你弄了什麼東西給我喝？」

出乎意料的發展讓宮成茜既生氣又錯愕，這個阿斯莫德果然還是不能相信、不安好心眼的魔鬼！

「反應這麼激烈做什麼，我只是給妳喝點好東西而已，接受本魔的吻，難道沒有半點心動嗎？」

「心動個頭啦！你還不快說我就……」

本來想舉起手來狠狠捶阿斯莫德一頓，宮成茜卻忽然一陣暈眩。她甩了甩頭，好不容易站穩腳跟，當下第一個念頭，便咬定這就是阿斯莫德餵下的東西所造成！

「哎呀，忘了告訴妳，如果越激動，藥效會發揮得越快喔。」

「阿斯莫德！」

反射性地抬頭狠瞪阿斯莫德一眼，可是才這麼一抬頭，宮成茜馬上又是一陣暈眩。

「阿斯莫德，你竟然在我眼前對宮成茜出手？真是好大膽！」

米迦勒將宮成茜拉回自己身邊，說不上為什麼，他心中有種難以言喻的不悅與惱怒。

大概是因為自己沒能保護好宮成茜吧？

「不這麼做的話，我和大天使之間的對決無法開始吶。你會感謝我的，米迦勒。」

「大膽惡魔，我乃大天使、神之代理人，怎可能對一介惡魔心存感激！」

米迦勒毫不客氣地駁斥。

「真是大嗓門，你說話非得這麼大聲不可嗎？不管是宮成茜還是你，能不能優雅點？」

阿斯莫德嫌惡地皺起眉頭。

「等你被人強灌不知名的藥後，再來跟我談論優雅！」

宮成茜咬著下唇，恨恨地瞪著阿斯莫德。她的身體已經開始產生奇怪的反應，體溫逐步升高，一點一滴地流失站立的力氣……頭暈目眩倒是稍稍緩和些，不過新的異狀取而代之。

「嗯，沒想到妳還有力氣反駁我，真是出乎意料。不過算算時間，藥效應該要完全發揮了。」

才剛說完，宮成茜突然雙腿一軟，毫無抵抗之力地倒了下去。

阿斯莫德優雅地接住她。

「真佩服我抓時間的能力，看，這就倒下來了。」

他的嘴角微微上揚，志得意滿地看著倒在懷裡的宮成茜。

「該死的……阿斯莫德……你說……你說究竟給我吃了什麼藥……」

連說話的力氣都快被奪走，宮成茜有氣無力地咬出每一個字，渾身燥熱不已。

「妳說呢？聰明如妳，會不曉得現在是何種情況嗎？」

阿斯莫德賊賊一笑。

「難道是……」

倒抽一口冷氣，宮成茜只覺兩頰瞬間熱了起來。

「春……春春……」

「沒錯，就是春藥。看來我們的大作家還是很懂嘛，以前應該有寫過類似的劇情？」

帶著揶揄的語氣，阿斯莫德壞心眼地問道。

「你不講這些話會死嗎……可惡……我才不會稱了你的意！」

雖是這麼說，可是宮成茜明白，自己的身體狀況只有越來越難以控制。

「噓，別浪費口舌跟我廢話了，好好將體力留到後頭吧。」

阿斯莫德轉頭，將注意力移向米迦勒，「倒是我們的大天使，你打算怎麼做？不和我對決，也沒意願拯救人間女子嗎？」

「你這是在逼我做出有違神旨的惡事，阿斯莫德。」

「哈，不逼你的話，事情就不好玩了。你當我和你一樣是善良的天使嗎？真是抱歉，我阿斯莫德是不折不扣的惡魔，更是惡魔中的佼佼者。」

聳了聳肩，阿斯莫德不以為然地回應米迦勒的指責。

「你不能這樣對待宮成茜，在我眼前不能。」

米迦勒眉頭一皺，口氣堅定。

「那你又能拿我如何？我想怎麼對她，可由不得你啊。」

阿斯莫德一邊說，一邊撩撥宮成茜的髮絲。

宮成茜已經完全失去抵抗的力氣，四肢就像癱軟的木偶一樣，無法靠自己撐起來，只能任憑阿斯莫德擺布。

到底為何會發展成眼下這種局面？

她跟阿斯莫德久別相見，原本甚至還有點擔心這個人的死活，沒想到一片真心竟換來如此對待。

她忽然覺得好懊悔，原來自己對阿斯莫德動了真情與真心，對方卻依然只是把她視為玩物與工具嗎？

雖然難受，可是說到底，她本就不該對阿斯莫德動了感情啊……惡魔終究是惡魔。

身體雖然無比燥熱，彷彿有什麼在體內竄動難耐，可是宮成茜的心卻冷得可以，還挾帶著又痛又麻的感覺。

米迦勒再度拿出他的武器，阿斯莫德見狀搖了搖頭。

「這樣不行哦，別忘了我是狡詐又惡劣的魔鬼，現在我手上有個人肉盾牌呢。再好好考慮清楚要不要動武吧，米迦勒大天使。」

「卑劣的惡魔！」

咬牙切齒地瞪著阿斯莫德，米迦勒只得收回武器。

「比我還卑劣的大有人在，比如有一個惡魔剛好就叫卑劣，需要我介紹給大天使認識嗎？」

阿斯莫德回應的同時，他那留有紅色長指甲的指尖，也不安分地在宮成茜身上游移。

「夠了，只要讓她感到愉悅的話，就可以了吧？」

米迦勒沒想過自己會對著一名惡魔說出妥協的話，以前沒有，未來也不會再有，這對他而言是一種汙辱。然而為了眼前這個受害的女子，他想拯救對方的想法勝過自己的尊嚴。

「你有這樣的想法就對了。讓我們用和平的方式競爭不是更好嗎？更符合你們的愛啊。」

阿斯莫德朝米迦勒伸出手，「來吧，大天使。」

米迦勒深吸一口氣，容貌神色依然是不可侵犯的神聖與莊嚴，但眉宇之間早就有著一絲動搖，被惡魔脅迫引誘所致。

宮成茜看著米迦勒嘆了口氣，舉起腳步，朝自己的方向走了過來。

她真的不懂。

事情演變成如此，難道是她的錯嗎？

是自己的存在，以及自己身處地獄的「特殊體質」導致的嗎？

如果說，阿斯莫德是因為想要一較高下，以及抗拒不了她本身對地獄物種獨特的性吸引力，那麼米迦勒也是被她這種體質煽動嗎？

雖然米迦勒似乎是為了她好，想要從阿斯莫德手中拯救自己……可是宮成茜不是笨蛋，她看得出米迦勒望著自己的雙眸中……有那麼一點點混濁朦朧的情欲色彩。

真希望是自己看錯了……可是只要米迦勒越靠近自己，宮成茜就越能確定自己沒有看錯，他的眼眸確確實實閃爍著動搖的情欲之光。

是被阿斯莫德慫恿了吧，可憐的大天使。

但在悲嘆別人的時候，宮成茜也對自己的處境無能為力。

吃下藥後，就連自己也跟著淪陷……其實她一直很清楚體內躍躍欲試的感覺與衝動是什麼。

即便是被藥性激發出來的，可是身體的確快要忍耐不了，那是一種彷彿有幾隻螞蟻在下半身攀爬的酥麻感，需要有人來化解與阻止這股難耐。

啊，乾脆就這樣跟著墮落好了……

連神聖的大天使都陷落了，她又有什麼理由不讓自己跟進？

宮成茜緩緩地閉上雙眼，任憑著不知是誰的手開始撫觸自己，而她的呼吸也開始跟著變得急促、火熱起來。

每一吋肌膚，甚至連毛髮都變得有知覺一樣，每一分感覺都放大了數倍。

雖然內心總有個聲音，猶豫地問她：

這樣好嗎？

這樣真的可以嗎？

如果就這麼毫無節制地到最後……她能承擔這樣的結果嗎？

儘管如此，宮成茜沒有辦法集中精神再去思考這些了，只因她的感官此刻都被那兩人牽著走。

「宮成茜……這段時日不見……妳真是越發芬芳誘人了。」

直挺的鼻梁、好看的鼻尖若有似無地碰觸宮成茜臉龐以及耳畔，阿斯莫德的嗓音比方才更來得低沉、充滿磁性，誘惑著對方沉淪。

「你……胡說什麼……」

聲音氣若游絲，宮成茜的尾音還微微顫抖，似乎是剛剛阿斯莫德挑逗之下的結果，但她絕對不會向對方承認這點。

「我沒有胡說……妳從我的行動來看，應該知道我為何會刻意讓米迦勒也蹚入混水。」

阿斯莫德用鼻尖廝磨著宮成茜的耳鬢，那種搔癢感更惹得宮成茜顫聲連連。

「你不是因為……只想把我當成對決的工具……」

「我不否認有這個因素。」

阿斯莫德毫不保留地回答，接著道：「但是，更重要的原因是，我太久沒見到妳——又見到妳和米迦勒如此親暱，就算是我，也忍不住被妳挑起情欲與妒火。」

話音一落，阿斯莫德輕輕地在宮成茜光滑的額頭上落下一吻。

如此寵溺的吻，讓宮成茜難以和方才阿斯莫德的言語聯想在一塊，明明脫口而出的話語是那般煽情。

不過宮成茜也不管了，腦袋只有越來越熱烘烘跟紛亂的趨勢，等到真的緊要關頭時再說吧……她現在鐵了心這麼想。

反倒是米迦勒，雖然靠近了宮成茜，至今為止依然毫無動作，只是正經八百地注視……不，與其說是注視，更像個小學生在旁認真觀摩。

宮成茜不禁覺得米迦勒還真像隻呆頭鵝。貴為神聖的天使、純潔無瑕的存在，顯然不知道如何讓女性產生歡愉吧？

「米迦勒，如果遲遲不出手，最後慘輸的人可是你哦。」

阿斯莫德略帶嘲諷地道。

「不用你說我也知道……」

米迦勒不悅地瞪了阿斯莫德一眼，只是他臉上的猶豫神色，任誰都看得一清二楚。

「怎麼，不知道該如何下手嗎？真是令人困擾啊，都已經把人弄得癱軟在你面前，還不知該怎麼出手，真是太遺憾了。」

刻意裝作無奈的口吻，阿斯莫德對宮成茜的攻勢也沒有停擺。他的手若有似無地碰觸宮成茜頭部，順著脖子的曲線往下滑動，來到宮成茜的鎖骨前，在上頭輕輕地劃了個圈，接著在她的衣襟鈕釦前停了下來。

「米迦勒，別說我小氣，教你一個如何著手的方法。」

米迦勒狐疑地盯著阿斯莫德，「什麼方法？」

「直接解開宮成茜的釦子——這是最簡單也最有效率的一步。」

阿斯莫德嘴角微挑。

對惡魔而言，沒有什麼比誘惑天使——而且還是米迦勒這種等級的大天使——墮落來得更有趣。

米迦勒啊米迦勒，你本身的墮落，就是最有趣的事呀！

殊不知已經踏進陷阱的米迦勒，單純地以為只有這樣才能和對方競爭，他緩緩地伸手，似乎準備解開宮成茜衣襟上的第一顆鈕釦。

然而就在這時，他又停住了動作，抽回手道：「不行！我堂堂米迦勒怎可能做出這種事！」

「哎呀……還真是堅持呢，就連勝負輸贏都不重要了嗎？」

阿斯莫德搖了搖頭，莫可奈何似地嘆氣。

「別想用輸贏這種事情來引我做出這種……這種違反禁忌與神聖的事！阿斯莫德，別以為我不知道你在打什麼主意！」

阿斯莫德聳肩道：「既然你都這麼說了，那麼就當作我們的米迦勒大天使，沒這骨氣與我一較高下。」

米迦勒原以為事情就會這樣結束，但阿斯莫德非但沒有放走宮成茜，甚至將本來要米迦勒解開的釦子扯掉，大剌剌地露出宮成茜豐滿的雙峰。

「你在做什麼？不是說我決定放棄了嗎，你怎能繼續對她做出這種事！」

米迦勒嚴正地對著阿斯莫德吼道。

阿斯莫德淡然從容地回應：「現在，是她需要我這麼做。」

「胡說八道，她怎麼可能這樣要求你！你這惡魔不止惡劣，還滿口謊言！」

若不是人還在阿斯莫德手裡，米迦勒絕對會再次拿出神之武制裁對方。

「她沒有開口跟我要求，但是……」

阿斯莫德將宮成茜的臉扳過去，讓對方看個清楚。

「你仔細看，米迦勒……看看她的臉龐、她的眼神，和她那微張的嘴，都透露出什麼樣的訊息。米迦勒啊，你一定知道為何我說她需要我。」

「這……」

米迦勒不禁一愣。

在他眼中，宮成茜的臉龐潮紅，如紅蘋果般誘人可口；眼神濕潤朦朧，好似有著千萬風情的水光在其中流轉；微啓的小嘴，彷彿可以聽到……她以薄弱的聲音央求著激情，以及隱隱約約洩漏出來的灼熱喘息。

米迦勒嚥了口口水，第一次有種被人間女子蠱惑的感覺，這種重重的心悸感，實在不妙啊……

「如何，大天使也同意我的說法吧？」

阿斯莫德低下頭，朝宮成茜露出的雪白側頸用力地吸吮一口。

「就算是這樣……好，我眼不見為淨，我自己離開這裡！」

「這樣好嗎？你不怕我這個惡劣的魔鬼徹底傷害她？你不好好監督看著嗎？」

阿斯莫德叫住轉身走人的米迦勒，綻出一抹邪笑。

「我要你……好好看著，人類女子和惡劣的惡魔如何交媾，純潔的天使。」

第二章

意外的團聚，新的戰端

Tuning Demon Project

光線昏暗的洞穴之內，空氣中散發一股霉味，好在待了一夜後，就能漸漸習慣這種氣味。本來是陰冷的感覺，對此刻的宮成茜而言，卻絲毫感受不到這點。只因她的身體在阿斯莫德撫觸下，以及體內藥性的催化，早已熱得汗珠直冒。

她就像是被推上祭壇的羔羊，任憑宰割，身體幾乎動彈不得，失去抵抗的力氣……又或者說，她早已耽溺在阿斯莫德給予的刺激之中。

即使她不願意說出口，但阿斯莫德的手指就像有魔法一般，被他碰觸到的每一吋肌膚，都如同被下了咒，立刻變得灼熱且蠢蠢欲動。

她體內深處那條欲望之蛇，受到惡魔誘惑吃下了禁忌的果實，再也克制不住地想要衝出她的身體，滿足最深層的渴望。

起初，她還有點在意旁邊的觀看者——神聖的大天使米迦勒。

眼角餘光瞄到他用彆扭的神色看著自己，看著她如何被阿斯莫德挑逗愛撫，看著她如何被引出體內的騷動與亢奮，看著她如何逐步淪陷在魔鬼懷中……

被人這樣直視自己的醜態，宮成茜原本還有幾分罪惡感，只是隨著藥性持續作用，以及她不得不承認的阿斯莫德高超技術，這些煩惱很快統統都被她拋到九霄雲外。

另一方面，阿斯莫德將宮成茜衣襟的鈕釦一個個解開，露出令人害羞的黑色蕾絲內衣，雪白的乳房更是呼之欲出。

米迦勒臉色越來越蒼白，身體也越來越僵硬，可是目光卻不斷被吸引，就算強逼自己扭過頭去，仍會控制不住地頻頻偷瞄。

到底是怎麼回事？

以前的自己有這般不受誘惑吸引嗎？

還是因為身處地獄，或多或少被地獄裡淫靡墮落的氣氛影響了？

抑或是……僅僅只是因為對方是宮成茜的緣故？

倘若真是因為宮成茜的關係……那真是魔性的女人吶，或許就某種層面上來說，這個來自人間的女子，比地獄裡任何事物都來得危險。

但在思考這個問題之前，他應當好好想個辦法解除現今這個局面……米迦勒啊米迦勒，你一定會有辦法的！

成為天使以後從未有過這種煩惱，米迦勒不禁有些意外自己竟會遇上這種事，本來還覺得困擾的他，卻因為一個轉念，反倒嘴角微微上揚。

「哎呀，大天使居然笑了呢。果然受不了了嗎？」

阿斯莫德第一個注意到米迦勒臉上的表情變化。

身為米迦勒多年來的對手，他不可能錯過對方任何一個細微的變化。這種感覺很微妙，但就是因為無比在意，搞得好像自己其實是全世界最在乎米迦勒的人。

「怎麼可能，阿斯莫德你是不是忘了什麼……」

米迦勒輕聲一笑，「我是定力那麼差的人嗎？想想當年你我的那場大戰……」

「當年啊……哼，這麼久遠的事多虧你還記得。」

阿斯莫德神色一變，暫且停下手邊撫弄宮成茜的動作。

米迦勒的話語顯然成功激起對方的不堪回憶。

宮成茜趁機撐起身子，讓最後的理智恢復，對著阿斯莫德與米迦勒問道：「我從一開始就很想知道……你們過去到底發生什麼事？就算是敵對的天使跟惡魔也不至於如此熟識吧？」

「什麼熟識……別說得我和惡劣的魔鬼好像多了解彼此！」

「呵，這話也說得太難聽了，米迦勒。你和我不是糾纏了百年以上的最佳敵手嗎？」

「誰和你最佳敵手？但是不得不說，剛剛的情況確實讓我找到一點樂趣了。」

米迦勒的目光看向宮成茜，「從沒有人讓我陷入那種兩難且焦慮的狀態，想想這確實也是件有趣的事。」

「什麼？」

宮成茜一愣，沒想到米迦勒會這麼說。依她看來……在那種被迫看近乎性愛場面的情況下居然還能覺得有趣？

米迦勒該不會其實是個隱性M吧？

「既然妳這麼想知道我和那個惡劣惡魔過去發生何事，當作妳給了我樂趣的回報，我就告訴妳吧！」

米迦勒刻意停頓了一下，看了阿斯莫德一眼，又回頭對向宮成茜。

任誰都看得出來，米迦勒那道眼神中有著強烈的得意。

相對之下，阿斯莫德的臉色又是一沉，似乎更沒有對宮成茜肉體進攻的念頭。

大概是被阿斯莫德撫弄了一會，再加上時間的流轉，宮成茜隱約覺得體內的燥熱感與情欲都降低了一些。比起繼續放任自己的感官下去，她現在更好奇阿斯莫德與米迦勒之間過去的恩怨。

她以前聽過阿斯莫德的事蹟，阿斯莫德曾經為了一名叫莎拉的女子費盡心思。然而，她的直覺告訴自己，米迦勒當年很可能就與這件事有關。

「在一個名叫米底亞的地方，如今已經不存在的城鎮，阿斯莫德當年就是在那個地方敗給了我。」

「敗給了你？」

宮成茜訝異地盯著米迦勒，隨後又將將目光投向一旁的阿斯莫德，神情明顯地說著「你居然打輸了」。

阿斯莫德別過頭，閃避對方的目光。對他而言，宮成茜看著自己的眼神太過刺眼，刺得他當下選擇逃避。當然，他的自尊更是不能允許這樣的事，尤其對象是宮成茜，這份刺痛感就更顯著了。

不知從何時起，阿斯莫德就明白，自己對於宮成茜的執著與認知……已經超過最初責任編輯與作者之間的關係。

老實說，他甚至還是個不負責任的編輯，常常失聯又沒準時關切催稿……路西法大人真是抱歉啊，您要的小說恐怕得再等等了。

話說回來，其實他本就有做好會被宮成茜知曉自己過去的心理準備，只是情況比預期得還要難堪。

反正米迦勒那傢伙一定會拿出來說嘴，也輪不到他來說明吧。

「到底是怎麼回事？」

宮成茜知道要身為輸家的阿斯莫德交代來龍去脈有點過分，於是她將問題拋給米迦勒，一個應該很樂意回答問題的當事者。

「當年，阿斯莫德在米底亞的事情妳有耳聞過嗎？」

米迦勒清了清喉嚨，反問宮成茜。

「這件事我多少知道一些……」

宮成茜雖不怕阿斯莫德知道原來她曉得，但還是低調一點別說得太多，畢竟那不是什麼光榮又開心的往事。

「很好，我就從當時米底亞的情況說起，簡單來說，由於莎拉的歷任丈夫都被阿斯莫德殺害，米底亞的民眾對此感到十分恐懼。」

米迦勒接續說：「米底亞人不知道做出這件事的人是誰，只因為總是抓不到凶手，且手法殘酷，米底亞人便開始流出凶手即是惡魔的傳言。」

「惡魔啊……」

宮成茜眼簾低垂，米底亞人真是猜得有夠準，不過大概也是因為阿斯莫德當初做得太狠絕了吧……連殺數任莎拉的丈夫，光是想像就覺得毛骨悚然。

然而，若站在阿斯莫德的立場來看，他身為惡魔做出這樣的事或許只是剛剛好而已。

「傳言越演越烈，聽說在我降臨之前，米底亞人找過不少驅魔師或者號稱能驅趕甚至除掉惡魔的人，再怎麼說阿斯莫德可不是普通的惡魔，當然最後都是無功而返，況且他們絕大多數都是騙子。」

米迦勒一邊說，一邊回想當年的情況。

「我想也是，不管從以前到現在，神棍從沒少過。」

宮成茜點了點頭，不禁感嘆。那些神棍真的知道，他們要驅除的對象可是地獄四天王阿斯莫德嗎？

如果真的知道還能假裝下去，那也真是不簡單了，光是勇氣就可以給他一筆獎金。至少，換作是她，絕對不會想和阿斯莫德硬碰硬，幾條命都不夠賠！

「這件事一直沒有解決，後來米底亞人提出莎拉即是魔女的說法，決定將莎拉送上處刑臺燒死。」

米迦勒的目光投向阿斯莫德，「你當時肯定沒想到事情會發展成這種地步吧？明明你比誰都想要保護那個名叫莎拉的女子。」

阿斯莫德一陣沉默，轉過頭去，側著臉對著米迦勒。

明明比誰都希望她幸福……沒想到自己為她付出一切，卻只是將她推到更絕望痛苦的深淵……

阿斯莫德……一定會感到自責吧？

就算是魔鬼，也會有心痛和淚流的時候吧？

不自覺地，宮成茜對阿斯莫德生出一絲同情。

阿斯莫德察覺後，馬上出聲：「不需要用那種憐憫的眼光看我，我是惡魔，不用無謂的同情，宮成茜。」

「唔，我、我才沒那個意思……」

好吧，她知道自己不擅長說謊。宮成茜扭過頭去，有些心虛地回應。

「最好如此，這樣我會舒坦點。」

阿斯莫德雖是這麼說，但他也是明眼人，會這麼說只是為了讓宮成茜有臺階下。

「咳，但我還是不明白，這件事和米迦勒有什麼關係？」

「前面不是提到莎拉即將被米底亞人處以火刑嗎？」

宮成茜點了點頭表示清楚。

「那麼莎拉的親人會做何感想？」

米迦勒繼續提問下去。

「一定會很著急啊！不過肯定也有沒良心又無知的家人，跟著認定莎拉就是魔女啦……」

自己是寫小說出身，宮成茜多少想得比一般人多一些。

「妳說的兩種狀況的確都可能發生，人類就是這麼無知的生物。值得慶幸的是，莎拉的父母不屬於後者。」

「你的意思是……莎拉的父母因此找上你求助？」

宮成茜微微睜大雙眼。

「可以這麼說，但嚴格來講，是他們找上當地的神父請求協助。」

「我想也是，畢竟要請到你這種等級的，不會是一般普通老百姓吧……」

宮成茜眼簾低垂，喃喃自語。

「妳說什麼？」

米迦勒眉頭一蹙，問向宮成茜。

「沒有！什麼都沒說！」

趕緊搖了搖頭，宮成茜可不想又因為自己的話節外生枝，好不容易局面穩定了下來，她才不要破壞咧。

「我剛說到哪……嗯，神父。那名神父是相當虔誠的教徒，他由衷希望與禱告著，有人能夠拯救可憐的莎拉與她的雙親。」

米迦勒接續說：「聽到神父的祈求，我很快就知道這背後的主因是源自於阿斯莫德。雖然不願當著那傢伙的面前這麼說……但他並非等閒之輩，因此我想了想，還是由我親自出馬比較妥當。」

「哈，說得這麼好聽，其實當初你只是閒得發慌，終於有個機會讓你一展身手而已。」

阿斯莫德不以為然地冷笑一聲。

「我不能限制你怎麼想，對於輸家我會盡量包容。」

米迦勒表面上冷靜，但字字句句透露出來皆是犀利。

宮成茜對於米迦勒又稍稍多了解了一些，這名大天使在平常的狀態下，還真是伶牙俐齒。雖不是那種滔滔不絕說個不停的類型，但每一句話都能戳中要害。

眼看阿斯莫德啞口無言，米迦勒接續說下去：

「來到人間後，我找到在暗處守在莎拉身邊的阿斯莫德，簡單來說就是和這紅髮惡魔打了一架，打輸者便接受我的條件，必須從此不得接觸莎拉，也不能再為她做任何事，即便是為了讓她幸福。」

故事就此告一個段落。

這真是一段令人心酸的往事，但宮成茜也因此對阿斯莫德更為改觀。儘管是惡魔，卻也有真心付出的時刻，用盡辦法讓心愛的女子得到幸福……哪怕那份幸福可能是建築在無數殘殺上。

「事情就是這麼回事……接下來也沒什麼好說了。」

阿斯莫德閉上雙眼，深吸了一口氣。

過去的種種如跑馬燈般快速穿梭播放，只要一想起來，回憶苦澀的滋味就會充塞胸膛。

宮成茜沉默以對，她也說不上為什麼，胸口跟著揪在一起。雖然不想對阿斯莫德產生同情，卻總忍不住會有一股哀憐的感覺。

她腦海裡仍盤旋著許多疑問，好比阿斯莫德不再參與莎拉的生活後，她過得如何？真有解決被處以火刑的問題嗎？

在那之後，阿斯莫德又是抱持著怎樣的心態？對於莎拉，這個他曾經如此摯愛的女人，他至今為止真的放下了嗎？

她有很多問題想提出，可是如果這麼做，儼然是對阿斯莫德嚴刑逼供吧？基於同理心，宮成茜忍住這股好奇，保持沉默。

一片寂靜之下，米迦勒率先出聲。

「話說回來，你怎會出現在這裡？在此之前，我可是聽說你在境外打理軍隊與部署啊，阿斯莫德。」

「你的消息還真靈通，米迦勒。你確定你不是順風耳嗎？」

阿斯莫德眉頭一挑，淡淡地回應。

「開什麼玩笑，我乃大天使米迦勒，這點神通根本不算什麼。」

米迦勒略抬高下巴，自信滿滿地道。

「之前部署軍隊是為了防範我的雙胞胎兄長，不過你也別忘了，我有一頭飛龍座騎，去哪都很方便。當然，身為宮成茜的責任編輯，我也該找一下她好好了解一下稿子進度才行啊。」

阿斯莫德和米迦勒對談的過程，與其說是死對頭，更像是彼此都太過熟悉的朋友。只不過抱持這種想法的宮城茜，絕對不會說出口。

「原來你還有把責任編輯的事放在心上啊……我還以為你不知去哪雲遊了。」

宮成茜搖頭嘆道。

「妳這話的意思是……妳很想念我嗎？原來妳這麼思念我啊，宮成茜。」

阿斯莫德嘴角微挑，似乎又回到以欺負人為樂的日常狀態。

「我才沒這麼說好嗎，少自作多情了，你這個紅髮惡魔兼不負責任的編輯！」

宮成茜雙手抱胸，噘起嘴來，撇頭冷哼一聲。

「你們兩人想怎麼打情罵俏都沒關係，但是宮成茜，妳身為一名女子，不隨時端正自己的服裝儀容嗎？」

米迦勒這時插嘴進來，皺眉盯著宮成茜敞開的領口。

被這麼一說，宮成茜這才意識到自己確實衣裝不整，剛剛談論阿斯莫德的過去時，她就忘了不久前才被調情戲弄的事。

「你一直盯著我這裡看……難道也不覺得失禮嗎？在刮別人的鬍子前，也先看看自己的臉吧。」

「哎呀，真沒想到大天使也是這種會盯著女子胸部看的人吶。」

阿斯莫德逮到機會見縫插針。

「你胡說什麼，阿斯莫德！」

米迦勒臉色一陣青一陣紅，憤怒地瞪向阿斯莫德。

「好了好了，你們別再吵了行不行？非得這樣一直吵下去不可嗎？」

宮成茜揉著太陽穴，困擾地勸架。

就在這個時候，洞穴外頭忽然傳來一陣騷動。

「外面發生什麼事了？好像有人朝我們這邊過來。」

宮成茜馬上警戒起來，做好隨時戰鬥的準備。

各種猜想迅速地浮現在她腦海中，然而最主要也最讓她提高戒備的其中一項猜測，就是擔心別西卜的人馬追來這裡了。

不過，現在這裡有阿斯莫德，還有大天使米迦勒，若真的打起來他們絕對不是需要擔心的一方！

外頭傳來的聲音越來越大，果然如宮成茜預測的人數不只一名，此起彼落的腳步聲越來越逼近，她的汗水也跟著滴落。

數道身影漸漸出現在視線範圍之中，由於背光的緣故，一時間難以看清來者的樣貌，就在宮成茜正要拿出阿斯莫德送給她的武器之際——

「茜，我終於找到妳了！」

熟悉的聲音更早一步傳進洞穴之中。

「是……月森哥？」

宮成茜先是愣了一下，緊接著才從對方的音色中獲得答案。

「喂，怎麼只喊那個保冷袋控的名字啊，難道這麼快就遺忘本天師了嗎？」

另一道聲音跟在後頭傳來，如此囂張狂妄的語氣，宮成茜不可能忘記。

「是你啊……長不高的小臘腸！」

「什麼長不高的小臘腸！為什麼叫保冷袋控就叫名字，叫我就叫那個鬼綽號！差別待遇！」

被宮成茜稱為小臘腸的當事者、姚家第十六代天師繼承人——姚崇淵激動地跳腳大聲吼道。

「小臘腸，一見到成茜就這麼暴躁如雷，難怪人家會把你當成狗，反應實在很像，這樣可不討人喜歡。」

「哈啊？伊利斯你這個萬年臭臉，跟我說討人喜歡這種事會不會太沒說服力！」

姚崇淵轉過頭去怒瞪後頭人影，擁有巨人族基因的混血惡魔伊利斯。

「伊利斯你也來了……你們……全都來找我了……」

沒有理會姚崇淵的吵鬧，宮成茜看著這有段時日不見的三人，只覺得一股溫暖熱潮湧上心頭。

「不來找妳，難道要放妳一個人在地獄外頭等死嗎？」

姚崇淵嘴巴雖壞，但宮成茜聽得出他只是逞口舌之快，便只是笑笑地搖了搖頭。

「之前看著妳被人馬擄走，我們便急著找尋妳的下落，好不容易終於找到妳的所在位置……茜，別再這樣突然消失在我面前了。」

月森一邊說，一邊走向宮成茜，平時如冰山般的面容上，此刻多了一絲不捨。

「月森哥……」

感受到月森的心意，宮成茜不禁露出略帶苦澀與軟化的神情，她知道月森哥向來對最在乎自己。

「成茜，不管怎樣，妳沒事就好。不過，現在的狀況要請妳待會解釋給我們聽了。」

伊利斯目光則掃向四周，除了阿斯莫德以外，他早在踏進洞穴前便感應到天使的氣息。如今親眼一看，更是確認了對方的身分是大天使米迦勒。

為何米迦勒會現身此處？成茜又為何會與米迦勒扯上關係？

況且沒記錯的話，阿斯莫德跟米迦勒還是死對頭……

雖然感到匪夷所思，但眼看似乎沒有戰鬥過的痕跡，伊利斯也算是稍稍放心了。

「啊，關於這件事嘛，真是說來話長……」

宮成茜搔了搔臉頰，忽然向她這樣要求，還真是不知該從何談起。

她這個煩惱還沒有困擾自己多久，姚崇淵又跳出來指著她叫道：「在解釋之前，妳先說說看為什麼衣服沒穿好！乳溝都露出來了！妳到底在誘惑誰！還是誰對妳做了什麼！」

宮成茜這才又意識到自己的衣著，她低頭一看，輕描淡寫地回應：「你好糟糕喔，這麼快就注意到這個，小臘腸還真是色性不改啊。」

被宮成茜這麼一說，姚崇淵立刻雙頰漲紅。

「什、什麼色性不改！我是在關心妳好嗎！在兩個男人面前穿得這麼裸露，誰知道發生過什麼事啊！」

宮成茜扭過頭，用平淡得好像什麼事也沒發生的語氣答：「不就是衣服上的鈕釦自己鬆脫了嗎。」

「最好會有這種事啦！」

姚崇淵的兩頰如番茄般熟透，彷彿可以在他頭頂上看到不斷噴射出的熱氣。

「茜，對姚崇淵妳可以敷衍了事。」月森一把抓起宮成茜的手，「但對我可不行，也沒有用。」

「嘖……月森哥還真是強勢吶……」

宮成茜嘆了口氣，對眼前的冰山王子道：「月森哥，在我回答你們問題之前，可以先讓我把衣服穿好嗎？」

「咳，嗯、嗯嗯，妳快把它穿好吧，茜。」

注意到自己身為男性的立場在此刻有點小尷尬，月森趕緊別過頭，鬆開原先抓住宮成茜的手。

在宮成茜將釦子一個個繫上的同時，一旁的阿斯莫德先行開口：

「各位，想必接下來肯定要談很久，與其在這濕冷昏暗的洞穴裡站著討論，不如我們到另一個舒適的地方坐著促膝長談？」

「沒有問題，但我有一個要求。」

面對大家的目光，姚崇淵清了清喉嚨宣告：「剛剛你們對宮成茜做了什麼寬衣解帶的事，我也要對她體驗一次才公平。」

「你還說自己沒有色性不改——找死啊小臘腸！」

宮成茜二話不說亮出「破壞F4紅外線」，轟然一聲朝姚崇淵的方向發射死光。

阿彌陀佛，願姚崇淵施主早日解脫人世輪迴。

第三章

怪獸格利鴻

Tuning Demon Project

跟著阿斯莫德一路前行，不久就到了一個瀑布飛瀉的清爽之處，清透的溪水從高聳崖邊奔騰而下，嘩啦嘩啦的水聲有如蒼龍怒吼，震耳欲聾。

這趟路程，米迦勒也跟著一起過來，說是既然要了解方才事情的來龍去脈，他這個當事者就有必要在現場聽完，絕不允許有人混淆真相。

宮成茜真是服了這名大天使，現在的天堂太閒對吧？才會有個頂著天使光環的傢伙無聊到來地獄找樂子，同時又願意花時間堅持在奇怪的小事上。

到時她的地獄遊記輕小說中，就來把米迦勒這個神經不正常的天使寫入好了。

「成茜，妳在想什麼？」

注意到宮成茜低著頭若有所思，走在她身後的高大惡魔伊利斯，用那充滿磁性的嗓音詢問。

「嗯？我只是剛好有個寫作靈感，正在思考怎麼放進小說裡。」

她也不算說謊，確實和小說有關。

「這麼認真啊？我很期待妳接下來的小說進度報告，妳能滿足我吧，宮成茜？」

「你沒必要把話說得這麼讓人遐想吧？阿斯莫德。」

宮成茜沒好氣地翻了一個白眼。

「阿斯莫德，如果你再擅自用這種不堪入耳的字眼，我隨時都會降下正義的制裁。」

一對好看的眉頭皺起，米迦勒板著臉警告。

「米迦勒，我是真心誠意願意與你開打哦。現在的你跟過去的你早就不同了，我想雪恥隨時都可以做到。」

阿斯莫德毫不客氣地冷冷回了米迦勒一眼。

「如果你這麼想再次體會輸家的滋味，我也很樂意即刻給你這個機會，阿斯莫德。」

米迦勒同樣不甘示弱，一如既往用高傲的口吻道。

「夠了！你們兩人可不可以不要一直吵架？如果真想打一場就快給我滾到旁邊去，想怎樣打就怎麼打！」

宮成茜走到兩人中間，用力地推開雙方。

比起阿斯莫德，她更不懂米迦勒明知跟上來就必須和阿斯莫德相處，卻偏偏還要執著那奇怪理由。還是說，他就是想找機會和阿斯莫德打架啊？如果真是這樣，直接挑明不就好了嗎？

通常這種你一言、我一語互相用言語攻堅的狀況，要打起來的機會十分渺小，依她看，米迦勒搞不好只是喜歡與阿斯莫德鬥嘴吧？

糟糕，這好像有點萌……她最喜歡傲嬌的角色了。

「成茜，妳現在的表情可能比那兩人打起來還糟糕喔，突然莫名其妙陶醉起來有點噁心呢。」

伊利斯的聲音傳了過來，打斷宮成茜的思緒。

「少囉嗦，又不是每個人都和你一樣永遠撲克臉。」

宮成茜嘛起嘴來，下一秒便想到一個問題。

「話說回來，我們來這裡到底要做什麼？阿斯莫德，你不是說要帶我們去比較舒適的地方嗎？」

但現在除了前方的瀑布外，別無其他適合聊天的場所。

「就快到了，再往前走就是驛站，可以坐下來好好休息。」

「哈啊？往前走？可是——前面根本就沒有路了啊！」

宮成茜一臉錯愕地反應。

湍急的瀑布就這麼直接地擋在前頭，即使他們和瀑布保持了一段距離，仍不時被飛濺出來的水花噴到，空氣裡更是沁涼潮濕。

驛站在哪？她揉了幾遍眼睛就是沒看見！

「那是妳不夠聰明啦，本天師就看得出來前方有路可走。」

姚崇淵拍了拍宮成茜的肩膀，從揹包裡拿出一瓶牛奶打開飲用。

「我怎麼可能比一個還在靠牛奶發育長高的小臘腸笨……」

呈現死魚眼般的模樣，宮成茜冷冷地回應。

「哼，妳這是在歧視牛奶的威力！」

「這跟牛奶的威力有啥關係啊……我看你需要的不是牛奶，而是該吃藥了，不要放棄治療啊小臘腸。」

宮成茜白了對方一眼，不想繼續這種無腦的對談，「不然你說說看，你看到的道路在什麼地方？」

「哈，那還不簡單！」

姚崇淵自信滿滿地笑了一聲，「就在──」

「就在？」

宮成茜跟著對方重覆了一次。

「就在──阿斯莫德心裡！」

姚崇淵話音落下，周遭瞬間只剩下瀑布震耳的流水聲。

「……該吃藥了，姚崇淵。」

過了一會，就連本來懶得吐槽的冰山王子，眉頭也一抽一抽地對著姚崇淵道。

「我們要不要乾脆把他從這裡推下去？」

伊利斯看著湍急的瀑布，向眾人問道。

「這真是個好主意。」

阿斯莫德馬上笑著贊同。

「這人的智商恐怕連天堂都難以接納。」

米迦勒也毫不留情地給了姚崇淵一槍。

「唔！你們這群非人類的傢伙統統閉嘴啦！」

姚崇淵惱羞成怒，生氣地大吼。

「那麼，有哪個好心又智商沒那麼低的人，可以告訴我答案？」

不想理會正在氣頭上的姚崇淵，宮成茜轉身向其他人詢問。

「茜，其實妳和姚崇淵看不到是正常的。」

率先回應之人，正是向來最疼她且有問必答的月森。

「什麼意思？」

柳眉一蹙，宮成茜納悶地問。

「你們皆為凡人的靈魂，看不到隱藏起來的地獄驛站。換個接近人世現代的說法，大概就是類似接駁車站的地方。」

伊利斯接在月森之後，對著宮成茜道。

「隱藏起來的接駁車站？」

宮成茜很快就反應過來，「你們是指，我看不到接駁車站，是像被施了障眼法的關係嗎？」

月森點了點頭回答：「可以這麼說，茜。」

「那這樣說來……」

宮成茜將目光轉向前頭的瀑布，「那座瀑布，該不會就是障眼法？」

「呵，看來智商真的比某人高一些呐，不愧是能夠寫出讓路西法大人喜愛小說的作家。」

阿斯莫德對著宮成茜微微一笑。

「什麼嘛，我的智商當然比那頭小臘腸高啊！不要拿我跟他做比較啦！」

刻意地鼓起臉頰，宮成茜向阿斯莫德抱怨。

「你們一個個都說我智商低……可惡，本天師總有一天會讓你們刮目相看！」

又氣又覺得受辱，姚崇淵大口大口灌下牛奶，試圖讓自己平順心情。

「我們直接去接駁車站吧？」

完全無視姚崇淵的怒氣，宮成茜向其他人問道。

「穿過瀑布就是了，走吧。」

阿斯莫德回應宮成茜的同時，抬起腳步往前方邁進。

至於總是被大家自動忽視的某天師，只好放棄爭辯的機會，多喝一口牛奶降火氣後，跟著大家的腳步前進。

畢竟，身邊這群人除了宮成茜都是地獄的一分子，就別奢望他們會有多心地善良了……

穿過瀑布時，宮成茜認為肯定會淋得一身濕，就在她屏住呼吸、準備接受冰水沖擊之際——想不到竟什麼感覺也沒有。

「咦？」

宮成茜愣愣地眨了眨眼睛，確定自己好好的，連一點水珠都沒沾上。

「這到底是怎麼回事？」

她再低頭確認一次，雙手也摸了摸頭頂，的的確確沒有半點濕潤感啊！

可是，她剛剛明明穿過了瀑布呀！

「茜，瀑布就只是障眼法，不會真的有水流。」

聽到宮成茜的問題，月森馬上回答。

「原來是這麼回事啊……害我以為真得穿過瀑布呢。」

宮成茜這才恍然大悟。

「茜，這個接駁車站，就是因為它獨特的瀑布障眼法，因此才有『水簾洞驛站』這個名稱。」

「水簾洞……這不是《西遊記》裡曾出現過的名字嗎？」

現在想想，她在地獄裡的遭遇也很像《西遊記》的情節，她就是總是被人覬覦的唐僧，身邊圍繞著孫悟空、豬八戒和沙悟淨……嗯，豬八戒這個角色肯定是姚崇淵！

哎呀，如果被姚崇淵知道自己把他定位為豬八戒，大概會氣得跳腳吧。

「嗯，可能是巧合，也可能是真的參考《西遊記》來命名。」

伊利斯一邊回應宮成茜，一邊觀看四周的景象。

「嗯嗯……那我們接下來要搭什麼車前往地獄的第八層啊？」

一手托著下巴，宮成茜又提出新的問題。

「我們要搭乘的，嚴格來說不算是車。」

「不是車？」

阿斯莫德的話讓宮成茜有些意外。

「妳看看，妳覺得眼前這個東西算是車嗎？」

來到一個鐵柵欄前，阿斯莫德手一攤，示意宮成茜往他所指方向看。

「這是……這、這怎麼可能說是車！這根本是——」

宮成茜深吸一口氣，「一頭怪物啊！」

她口中的怪物，有著一張正直的人類臉孔，神情和善溫柔，然而牠的身軀……卻是巨大的蛇身，擁有兩隻尖銳的爪子，以及長長的毛髮。

「這頭人面野獸可以載我們穿越山嶺，突破岩壁城牆與劍林，唯一要注意的就是牠的尾巴有毒，別碰到了。」

阿斯莫德站在宮成茜的旁邊，拍了拍她的肩膀道。

「我幹嘛沒事去碰牠的尾巴……」

光看那個如蠍子般的鉤子尾巴，宮成茜就覺得痛了，她才不會沒事找事做。不過說也奇怪，這頭野獸就是他們的接駁車？

宮成茜再度深感地獄裡真是無奇不有。只是話說回來……車站旁邊有個豎立在地上的東西很讓她在意。

「那個……路西法果然還沒放棄要用動漫行銷地獄嗎？」

宮成茜板著死魚眼，看著旁邊那笑咪咪的動漫風格、上頭寫著「小舞」的少女人形看板。

果然那個路西法宅男，到哪都要弄個動漫觀光，她還一度以為小舞已經被路西法淘汰了呢，沒想到還繼續存活著……某種程度來說也還真是可喜可賀，小舞的設計者一定很高興。

只是在模樣可怕的怪物旁邊，擺上一個笑容燦爛的看板娘，宮成茜只會覺得小舞的那抹笑……笑得你心裡發寒。

小舞的後方有一個窗口，裡面有兩名老婦人正在泡茶聊天，雖然看似悠哉，實際上只要觀察得仔細一點，會發現她們的手腕戴有鐵環，鐵環上連接著一條看起來相當堅固的鐵鍊。

果然是在地獄裡服刑的亡魂啊……宮成茜暗自地想著。

月森注意到宮成茜的目光，便開口道：「茜，那兩位婦人，生前都是放高利貸惡劣出名的人，下地獄後便懲罰她們在這裡當永久的免費勞工，但也不許她們擅自離去，於是用鐵鍊禁錮她們的自由。」

「原來是這樣啊……的確，放高利貸的人很可惡。」

之前就常聽說許多人因為被高利貸壓得喘不過氣來，因而導致無法挽回的悲劇，和她們造成的傷害比起來，這個懲處或許還有些輕呢。

「我已經事先買好票了，走吧，準備上車。」

阿斯莫德一腳站上那頭怪物的背部，「這臺格利鴻號班次很少，快點上車不要再浪費時間啦！」

「囉嗦，知道了啦！怎麼阿斯莫德這傢伙越來越像話多的老媽子啊……」

姚崇淵沒好氣地一邊挖著耳朵，一邊回應阿斯莫德。

阿斯莫德、姚崇淵與伊利斯陸續坐上車（？）後，月森一如既往紳士且體貼地對著宮成茜道：「茜，妳先上去，我坐在後頭保護妳不受那條尾巴的傷害。」

「哼，還真是體貼啊？真懂得把握機會替自己加分呢，冰山王子。」

這段酸溜溜的吐槽來自於姚崇淵之口，他雙手抱胸冷眼看向月森。

「不懂得替自己加分的人，就不需要再浪費口舌了，只會突顯你的遲鈍。」

月森面不改色地冷言回應，將了對方一軍。

這兩人的言語攻防，宮成茜已經習慣了，她只是聳了聳肩，拉著月森的手搭上車。

雖然明知自己腳底下踩的是一輛「車」，但站上去時，她的腦袋還是空白了一瞬，一陣冷意竄上背脊。低頭一看，她還是會看到怪物的模樣，以及那條微微搖擺的尖銳尾巴。

宮成茜深吸一口氣，她其實希望這時有誰能夠抱住自己，給她一個可以依靠的厚實臂彎，只是她開不了口。

就像是讀了她的心一樣，下一秒，坐在後頭的月森突然抱住她、雙手環住她的腰。

「茜，有我在。」

耳後傳來的溫柔嗓音，使宮成茜頓時放心不少。不管是在人世，還是在地獄，只要有月森哥在，她就能安下心來，就像是有一股隱形的力量，支持著她。

同時，她也發現自己越來越依賴月森哥，這到底該算是好事還是壞事呢？也罷，現在不是鑽研這個問題的時候。

「格利鴻，可以出發了，但你的圈子要轉大一點，屆時降落的速度也要緩一些，因為我們這臺車上可是載了嬌客呢。」

阿斯莫德下達指令，怪物點了點頭聽令後，如小船從停泊處緩緩向後退，接著轉身調整方向。等牠整個身體都騰空飛起之際，原先捲曲的尾巴漸漸舒展開來、向上延伸，用銳利的黑爪鼓動空氣往前飛翔。

「哇！」

宮成茜不禁發出一聲驚嘆，這還是她第一次有這種奇特的飛行經驗。與其說格利鴻是一臺車，更像是私人小飛機吧？

雖然沒有任何安全措施，就這麼坐在一頭怪物背上在空中飛行，宮成茜倒沒有多大的不安，就連她自己都有點意外。

或許是後面有月森哥抱著自己，前頭則有自己信賴的伙伴，她才能這般無憂地坐在這臺「飛機」上。

不知飛行了多久，宮成茜終於聽到最前頭的阿斯莫德開口道：「我們已經離開地獄第七圈，抵達第八圈的上空了。」

阿斯莫德說完，格利鴻就開始降落。

牠果真照著阿斯莫德的指令，降落的動作非常輕柔，宮成茜沒有感受到半點不舒服。

當大夥從格利鴻背後下來，映入宮成茜眼簾的景象，是一塊圓環形的平坦地面，這地面分成十條溝渠，溝與溝間是架起來的堤岸，每條溝上都有石橋橫跨，作為聯結彼此的通道。

宮成茜右邊恰好就是一條溝，溝渠中就像她在人世看過的景色──威尼斯運河上一群群撐著小船划動的人們。

只是這裡的男男女女不管穿著還是模樣，都比地獄裡其他地方的人們還要華麗……嗯，應該說是更為浮華的打扮。

「那些人……怎麼每一個都濃妝豔抹？」

宮成茜納悶地問。

「那是因為，居住在這裡的人們，大都是生前從事賣淫事業或阿諛奉承之人。」

伊利斯的聲音湊到耳邊，充滿磁性且重低音的嗓音突然接近，宮成茜不由得顫抖了一下，反射性地摀住耳朵。

「我、我說伊利斯！你不要突然靠這麼近跟我講話啦！」

伊利斯的聲音太過誘人，簡直是可以讓耳朵懷孕的程度。不過由於伊利斯的說明，她大抵明白這群人為何如此花哨。

只是在地獄裡也還能保有原本生活型態……還有類似威尼斯運河的設計，會不會過太好了啊？這群人不是應該在地獄裡受罰的嗎？

實在想不通，地獄裡有太多讓宮成茜無法用常理判斷的事物了。

環顧四周，地獄第八圈以她的認知來看，就是一個水上城市。

「成茜，別看這裡好像是一座漂亮悠哉的水上城市……這座城市，由八大溝渠與運河環繞著市中心，除了紅燈區外，也有地獄裡最陰暗的刑罰行業。」

不知是否刻意為之，伊利斯的神情十分嚴肅，平常本就有著一張殺氣騰騰臉孔的他，現在看來更多了令人畏懼之感。

「刑罰行業啊……你是指……」

宮成茜對於這個名詞有些陌生，困惑地問道。

「執行刑罰的工作者，其中也包含執行斬首的劊子手，不過這些人並非受罰的靈魂，而是地獄裡的原生種族，他們的工作也算是公職。只是因為工作性質的關係，他們會居住在地獄較深層的地方。」

「原來如此……」

不過，她還是有點不明白，只不過是執行刑罰的行業，伊利斯有必要用這麼凝重可怕的神情說話嗎？

宮成茜這道念頭才剛萌生，伊利斯立刻板著一張臉說出解答：「這裡——也據說是別西卜勢力最大的地方。」

第四章

地獄的紅燈區

Tuning Demon Project

「這裡——也據說是別西卜勢力最大的地方。」

伊利斯的話如警鐘般，敲響宮成茜心中所有的不安。

她也知道，光擔憂是沒用的，她也必須來這裡一趟，為了前往最深處將她的靈感取回，也為了寫完路西法指定的小說、重新返回人間。

她沒有理由逃避。

況且，就算是別西卜的地盤又怎樣？

她可是有阿斯莫德以及米迦勒這兩大戰力在呢！

對，沒什麼好擔心的！

宮成茜握緊拳頭，在心底對自己信心喊話，用勇氣壓住之前所有對別西卜的可怕回憶。

「對了，有件事我忘了跟你們說。」

米迦勒的聲音傳來，不知為何，宮成茜有種不好的預感。

「米迦勒，你有什麼事？」

宮成茜第一個回應對方的話，顯得她十分在意——她也確實相當在意。

「我其實稍早前收到天界的通知。」

宮成茜不禁在心裡納悶吐槽：收到天界的通知？什麼時候的事啊，她怎麼完全沒察覺到？

不要跟她說，其實米迦勒頭上長有雷達觸角能感應到！

「天界需要我回去處理事情，所以我必須先離開了。很可惜，無法繼續參與這趟有趣的旅程。」

宮成茜睜大雙眼，錯愕地回：「你要回去天界了？」

她不久前才想說有米迦勒在身邊，就用不著怕別西卜了啊！

情況會不會太急轉直下了啊！

「嗯，就是這麼回事，你們好自為之，我知道沒有我在妳會不放心。」

米迦勒將目光投向宮成茜。

「什麼叫做你不在宮成茜會不放心啊？你把我們都當作空氣嗎？本天師有能力保護她！」

姚崇淵第一個跳出來表達不滿，這回他不孤單，伊利斯也跟著答腔。

「就算只有我在成茜身邊，也足夠保護她了。」

「雖然我不是喜歡嚼舌根的人，但誰教剛才那句話是你米迦勒所說，聽在我耳裡就是特別地挑釁……哎呀，米迦勒，我說你真是太看得起自己了。」

就連阿斯莫德也參一腳，除了宮成茜以外所有人的矛頭一致對向米迦勒。

對宮成茜來說，這群男人還真是……一如既往地為了在她心中的地位而努力爭奪啊。

到底她在地獄裡的桃花運……不，是彼岸花運，究竟會強運到什麼時候？就讓她繼續看下去好了。

「我不會在意的。總之，我這就離去。」

面對一致對向自己的砲火，米迦勒無動於衷，張開碩大的白色翅膀，毫不眷戀地展翅高飛而去。

宮成茜就這麼愣愣地看著米迦勒飛走，她的希望彷彿跟著飛去了一大半，儘管很不想傷其他人的心……但米迦勒一走，的的確確折損大半戰力啊！

摀著胸口，她怎能說出心臟隱隱發疼呢？

嗚嗚，這下要怎麼對付別西卜啊？

「茜，妳還好嗎？妳好像臉色很差……」

月森察覺宮成茜一臉糾結的神情，好心地問。

「沒、沒事……我真的沒事……」

改扶著額頭，宮成茜的煩惱怎能說出口呢？她逼著自己轉換心情，向其他人詢問：「我們下一步要去哪？」

「本來我打算盡快帶妳離開第八圈，只是後來想想……」

「想了什麼？」

宮成茜眉頭一挑。

「我想到這裡既然是我那老哥的地盤，雖然處境危險，但相對的應該能夠打探到更多資訊。」

「你的意思是，想在第八圈逗留一陣子對吧？」

伊利斯接在阿斯莫德之後出聲。

「哈，真不愧是我的好友，很了解我在盤算什麼。」

阿斯莫德拍了拍伊利斯的肩膀，微微一笑。

「等一下！做這決定的時候你有考慮到安危問題嗎？」宮成茜馬上反彈，「況且什麼時候由你全權作主了啊！」

以她的立場來看，當然是盡快通過這裡最好，因為她的目的向來只有一個，就是以最快的速度抵達地獄最深處，取回她的靈感。

她不是完全無法理解阿斯莫德的打算，可是這麼一來，他們的風險不也相對增加嗎？

本來米迦勒在，還可以讓阿斯莫德任性，現在最大的靠山都飛走了，別說逗留，知道這裡是別西卜的地盤後她一刻也不想待。

「我就知道妳會這麼說，妳的硬脾氣跟怕死態度還是跟以前一樣，一點也沒改變。」

阿斯莫德也用一如既往那種囂張又慵懶的氣焰，笑笑地看著宮成茜。

被紅髮惡魔這般注視與嘲弄，宮成茜立刻回擊：「少囉嗦，如果你還想看到我接下來的稿子進度，就給我一個可以安心的理由！」

雙手抱胸，毫不客氣地對著地獄四天王如此咆哮，音量之大就連旁邊經過的路人們也為之側目。

宮成茜才不管那些，要說她太強硬甚至想說她是潑婦也可以，畢竟比起顏面問題，身家安全更重要！

「真是拗不過妳啊……誰教我是妳的責任編輯……」

嘆了口氣，阿斯莫德只得做出妥協的樣子，「我目前的打算是，在地獄第八圈停留三天，給我三天的時間就好，讓我去調查一些事情。」

「然後呢？不會這樣就想搪塞我吧？」

眉頭一皺，宮成茜質問。

「哈，我哪敢這樣對待我們的宮大小姐呢？妳姑且聽我把話說完。」

阿斯莫德聳了聳肩，對於宮成茜咄咄逼人的態度，他都是用四兩撥千金的方式回應。

「好，我就聽你怎麼說。」

深呼吸一口氣，宮成茜耐著性子先讓自己冷靜下來。雖然他們在人來人往的馬路上談論，引來不少路人的視線，她還是想快點聽到阿斯莫德的答案。

「為了要保障安全，加上我們總得找個地方暫住，所以我拜託了當地的朋友。」

「喔？你說的當地朋友，該不會是指……」

伊利斯插嘴補了這麼一句。

阿斯莫德點了點頭：「你想的沒錯，我指的那個人你大概猜到了。」

「如果真是那個人……我說阿斯莫德，你說他是朋友就有點欺騙了吧？」

伊利斯嘴角微微上揚。

宮成茜很少看到他這張撲克牌臉會有笑容，令她更好奇了，伊利斯和阿斯莫德口中的「那位朋友」，究竟是怎樣的人？

「怎麼會是欺騙呢，我們的確是朋友。」

「不對吧？與其說是朋友，更確切的說法……應該是主顧跟恩客的關係，不是嗎？」

主顧跟恩客？這聽起來好像有點微妙。

主顧就算了，一般人會用恩客這種說法嗎？

宮成茜越想越好奇，姚崇淵倒是搶在她前頭開了口：「主顧跟恩客？該不會是那種關係吧？你看這裡可是有一堆紅燈區的工作者吶！」

笑嘻嘻地搓了搓鼻子，姚崇淵賊賊地笑道。

「哎呀，真不愧是姚天師，這也是你用天師的靈能猜到的嗎？」

即便遭到調侃，阿斯莫德依舊不慌不忙，半開玩笑地回應。

「你還是一樣狡猾，以為用這種打哈哈的方式就不用回答問題嗎？說吧，不然讓伊利斯幫你說也可以。」

姚崇淵嘴角往上扯了扯，不以為意。

「到底是怎麼回事，為什麼我聽不懂你們在講什麼？」

狀況外的宮成茜連連提問，但話說回來，這又和她要的安全保障有什麼關係？

「茜，妳涉世未深，聽不懂他們的話是正常的。」

只有月森把宮成茜拉到一旁，低聲說道。

「這跟我涉世未深有什麼關係？那月森哥你告訴我，他們到底在說什麼？」

宮成茜納悶地拉了拉對方的袖子詢問。

月森正苦惱著該怎麼解釋時，阿斯莫德竟主動將答案抖出：「我所說的那位朋友——就是我以前認識的一名藝妓。」

「咦？」

宮成茜意外地微微睜大雙眼。她正想追問下去，此時一旁傳來令她更加在意的討論聲。

「吶，聽說別西卜大人在東邊某個地方訓練了好幾支軍隊？」

從一群窩在旁邊抽菸閒聊的路人口中，宮成茜聽到了最讓她集中注意力的名字，她趕緊豎起耳朵專注偷聽。

如果路人說的為真，那還真是一件天大的消息！

「真的假的？那位別西卜大人？真是這樣的話，看來他根本沒把路西法大人放在眼裡了！」

另一名路人驚訝地睜大雙眼，無論口氣或是神情都顯得相當震驚。當然不只是他，在旁聆聽的宮成茜也是同樣的心情與反應。

「你別傻了，別西卜大人早就不把咱們地獄之主放在眼裡，別忘了，他恨透旁人說他是地獄的第二把交椅！」

「唉，假使你的消息是真的，未來肯定會出現一場動盪啊……」

連連搖頭嘆氣，路人不只說出自己的心聲，也說出了宮成茜的想法。

聽完路人的對談，宮成茜的心底同樣沉重。

早先就聽過地獄第八圈是別西卜的地盤……現在聽到這段對話，她更是平靜不下來了。所以說——那個紅髮惡魔到底有什麼方法可以保護他們啊？

宮成茜本想將話題拉回去藝妓身上，這時阿斯莫德直接招來一臺計程車，一臺用花哨霓虹燈裝飾整個車身的小黃。

他對著宮成茜等人道：「先上車吧，我帶你們去找我的朋友。」

「咦？直接過去？」

宮成茜不禁納悶，阿斯莫德的朋友不是藝妓嗎？或許人家正在工作，這樣突然過去打擾可以嗎？

「是呀，我已經打過招呼了，現在就直接過去吧，妳不是想要趕快受到安全的保護嗎？」

阿斯莫德嘴角微揚，對著宮成茜反問道。

「唔……你這麼說也對啦……」

被阿斯莫德反將一軍，宮成茜只得心虛地搓了搓自己的鼻頭。

總之，一行人坐上了花哨無比的計程車。

司機按照阿斯莫德的指示，前往他口中那位友人的住處。

一路上，隔著車窗，宮成茜看到外頭那一家家花花綠綠的酒家，看到那一群群的男人自店裡進進出出，每個人不是渾身酒氣、酒酣耳熱的模樣，就是一臉色欲薰心地摟著女人的肩膀或腰際。

宮成茜搖搖頭，嘖嘖幾聲，心想不管到哪裡男人都是同一種德性……但是她相信，至少在她身旁的月森哥，應該不是那種會喜歡上酒店的男人。至於其他人嘛……

阿斯莫德就別說了，都直接攤牌了啊！

姚崇淵這種下半身動物，若有機會肯定也會去吧？

伊利斯就不好說了，有點難判斷呢。

唉呀，宮成茜啊宮成茜，妳現在想這些幹嘛？

甩了甩頭，宮成茜清理思緒，不再多想這些事情。

她看著車窗外的地獄第八圈，燈紅酒綠、紙醉金迷的世界讓她想起人世時，自家附近一間「金」字開頭的知名酒店。

她不是很明白，進去那種地方白花花的大鈔一眨眼就沒了，卻很多人不覺得痛。基於這種困惑，宮成茜甚至以前曾想過，要不要乾脆自己去應徵小姐，了解一下這個行業的型態，順便取材。不過這也只是想想罷了，要她這種高傲的個性賣笑陪酒，肯定做不來。

想起以前在人世時的種種，宮成茜有些思鄉了，雖然在地獄裡過得還算多彩多姿，但她更想回到過去那種安定在家、專注寫稿的日子……不過在回到這種生活之前，她得先把該死的靈感拿回來才行。

對作家來說，靈感真是太重要了，有時靈感大神出走已經夠苦惱，更何況是她的靈感大神被惡魔刻意囚禁起來！

雖然這陣子有斷斷續續地寫稿……寫那被路西法強迫的地獄遊記輕小說版本，但沒有靈感，寫起來就是卡卡的，就是不順暢，沒有熱情更沒有愛。

她是喜歡寫作才去寫稿，而非單純為了賺錢，她想，杞靈當初就是這點輸給自己吧？

杞靈總是為了抓住市場性而寫自己不喜歡的作品。只為了討好讀者的作者，或許可以穩住一定的銷售量，作品中卻沒有靈魂。

宮成茜不想成為這樣的創作者，她向來有自己的堅持，以及想要傳達給讀者的信念。

她從沒有忘記父親的教誨，她知道小說是一個當代社會的縮影，所以她現在所寫的地獄遊記輕小說，也記錄著一個專屬於地獄的時代。

這份思緒，一直到了計程車停駛之後，宮成茜腦海裡的東西才跟著一起停下來。

下車的地點，就在一間相當華麗的日式牌坊造型酒店前方，上頭的招牌以流暢書法寫著：吉原樓。

「吉原樓……好日本風味的名字。」

宮成茜望著招牌喃喃自語。她對吉原這個名字的印象，記得是來自於以前看過的動畫，裡頭的角色稍稍提過這個名字。

後來她特地去查了網路資料，才了解原來吉原是日本江戶時代官方允許的妓院集中地，位於現今東京都台東區。

至於「吉原」一詞的由來，據說是發起人庄司甚內的老家，正是在東海道宿場之一的吉原宿。

看著眼前這個書法筆勁挺有力的店名，宮成茜不禁在心裡猜想著，店裡頭一定都是漂亮的藝妓或性感的大姐姐吧？

宮成茜腦海中浮現一個個身穿性感清涼衣著、騷首弄姿、胸前豐滿的妖艷女子。相較之下，低頭看看自己……

好吧，自己胸前的肉團好像分量還不是很夠，也沒有什麼妖嬈的外表……唔，何必這樣比較呢？反正她又不打算走這一行。

宮成茜撫了撫自己的胸口，平心靜氣。

說實在的，其實她很好奇這家吉原樓裡頭究竟藏了什麼樣的絕世美人，居然能讓地獄四天王之一的阿斯莫德看得上眼。

畢竟若以阿斯莫德的眼界，在地獄裡遊歷這麼多年，應該看過相當多的美人，能讓他以朋友相稱的對象，感覺不會是普通女子。

不過，再怎麼多的猜想，都比不上親眼見證。

待會，就是見證奇蹟的時刻吧！

懷抱著這樣的心態，宮成茜既有些期待，又有些莫名的緊張，同時也好奇為何這家看起來不過是一般酒店的地方，會是阿斯莫德口中能夠給她安全的避風港。

「歡迎光臨吉原樓。」

嬌滴滴的歡迎聲從店內傳來，宮成茜隨著阿斯莫德踏進吉原樓中，馬上聽到熱情的招呼。

出來歡迎的女子們果真個個妖嬌美麗，身材火辣又都穿著低胸禮服。不過這裡畢竟是地獄而非人間，除了看起來長得跟人沒什麼兩樣的類型外，宮成茜還見到特殊的種族。

有長得像人魚的女性，身上布滿青色的魚鱗，雙腿則是肉色的尾巴，慵懶地躺在臥床上；有的則是長有貓咪鬍鬚與貓耳朵，穿著性感小洋裝招呼客人……感覺這裡無奇不有，宮成茜也算是開眼界了。

在這家吉原樓內，彷彿只要你開出條件，這裡都能替你找到想要的人選。

「不知道這裡有沒有替女性客人服務的帥哥……」

「妳在自言自語些什麼啊？」

姚崇淵的聲音打斷了宮成茜的思緒。

「不，什麼也沒有，你肯定聽錯了。」

宮成茜立刻搖了搖頭，當作什麼事情也沒發生一樣。

「哦……真是奇怪了，難道我剛才幻聽了嗎？」

雙眼微微瞇起，姚崇淵顯然不相信宮成茜的回應。不過大抵是覺得沒必要戳破宮成茜，姚崇淵沒有再多說……與其說他沒必要戳破，應該說他現在光看旁邊的各式美女就忙不過來了。

宮成茜從對方的眼神與表情就看得出來，姚崇淵這長不高的小臘腸果然就是色鬼一個。

話說回來，阿斯莫德提到的那名朋友……又在哪裡呢？

真好奇對方的模樣啊，大概是這家吉原樓裡最美的女人吧？

懷抱著這份心思，宮成茜看著阿斯莫德向一名年紀略大的女性招了招手，暗暗吃了一驚，心想應該不會是她？

但、但這年紀，還真有點熟啊……還是說，阿斯莫德就是喜歡熟女？

嗯嗯，這也不無可能，那名女性熟是熟了點，但風姿綽約，身材跟臉蛋也都保養得很好，絕對稱得上美魔女的等級。

「原來阿斯莫德喜歡熟女……」

「宮成茜，妳又在喃喃自語什麼啊？這次我聽到了……啥熟女的？」

向來耳朵最靈敏的姚崇淵，眉頭一皺又問向宮成茜。

「又被你聽到了啊？你這傢伙聽力那麼敏銳，果然是狗……」

宮成茜噘起嘴，不悅地低聲道。

「什麼？我怎麼又聽到妳好像說了不該說的話？」

姚崇淵眼神一變，質問宮成茜。

「嘖……沒事啦！你不要一直偷聽我說話好嗎？」

宮成茜沒好氣地瞪向姚崇淵。

「我、我才沒有一直偷聽妳說話！別往自己臉上貼金了！」

一聽到宮成茜這麼說，姚崇淵馬上兩頰刷紅地駁斥。

「沒有一直偷聽的話，怎麼會知道我說了什麼？我明明說得很小聲了耶！」

也不知道姚崇淵在臉紅個什麼勁，宮成茜只管自己的理念是對的。

「才、才不是咧！明明就是妳——」

姚崇淵的話還沒說完，本來身體往前傾向宮成茜的他，突然被人從中隔開，同時耳旁傳來一道嬌媚的聲音。

「啊啦，兩位可愛的客人在吵什麼呀？」

姚崇淵還沒來得及反應，他的肩膀就被人一攬，一股濃郁的香氣竄了過來，聞得他一時間又酥又麻又飄飄然。

另一方面，宮成茜的肩膀也被人勾住，對方身上的香氣濃烈得讓她覺得自己快被嗆死了。

宮成茜和姚崇淵同時轉頭一看，映入他們眼簾之中的身影，正是一位穿著華美浴衣的高瘦女子。

第五章

風華絕代繪里奈

Tuning Demon Project

香氣瀰漫在空氣中，剎那間便迷惑了眾生。

姚崇淵神情從恍忽到漸漸睜大雙眼的訝然，彷彿這輩子沒見過這麼美的女性，整個人都像呆頭鵝般愣在原地什麼也沒說。

至於宮成茜，以往總會有同類相斥的敵意，然而，眼前這名女子她卻意外地一點也不覺得討厭，唯一不太喜歡的，只有對方身上的香水味而已。

她打從心底承認一件事，那就是眼前這個人實在太美了。

美豔中帶點天真無邪，性感中帶點溫柔嫵媚，雖說這乍看之下好像有些矛盾，可是宮成茜還真找不到其他形容詞來描述。

對方有著一頭烏溜溜的黑色長髮，一對柔情似水的紅色眼眸，舉手投足都十分迷人，即使像這樣大動作地將她和姚崇淵攬入懷裡，也看不出任何粗魯的跡象，只有迷倒懷裡人兒的魅力。

因為這名華服女子的介入，宮成茜與姚崇淵之間的戰爭才得以調停。

「很好很好，看來兩位都熄滅怒火了，這才是乖孩子。」

女子對著宮成茜和姚崇淵微微一笑，她這麼一笑，又是笑得姚崇淵臉紅心跳。

看見這幕的宮成茜，還真想肘擊一下看得入迷的某天師。

宮成茜把目光拉回到女子身上，與其浪費時間白眼某隻長不高的小臘腸，她還是先將注意力抓回。

「那個，請問妳是？」

阿斯莫德走了過來，一把將宮成茜從對方懷中攬了回來，難得面帶微笑地道。

「宮成茜，她就是我提過的那位朋友——繪里奈。」

「哎？」

宮成茜一愣，轉頭看向原本有熟女出沒的地點，想不到熟女早已不見人影。

剛剛那名熟女呢？她還以為對方才是阿斯莫德的朋友呢……原來是誤會了嗎！

宮成茜她訝然地喃喃自語：「原來阿斯莫德還是有眼光的嘛……」

「承蒙讚美，我一直都很有眼光。」

阿斯莫德聽到宮成茜的話後，笑笑地回應。

「啊，被你聽到了呀……」

「宮成茜，如果不想被人聽到，就該學會把話留在心裡就好。」

阿斯莫德依然維持著笑容回應。

「唔，你就別當著第一次見面的人面前說我了嘛。」

宮成茜難為情地別過頭。

「哎呀，真沒想到妳竟然會因此而害羞，真是出乎我意料地可愛。」

「少囉嗦，你才不要只顧著跟我說話，對你朋友很失禮耶！」

聽到阿斯莫德的揶揄，宮成茜頭垂得更低了，強硬的口氣仍然沒有改變。

想不到宮成茜與阿斯莫德的這段對話，引起了繪里奈的興趣。

「呵呵，兩位的對話真有意思，很少看到有女子可以用如此口吻跟小莫說話。」

「小、小小……小莫？」

宮成茜難以置信地睜大雙眼，她甚至想要沒形象地挖一挖耳朵再聽仔細點！

沒聽錯吧？

這女人竟然稱呼紅髮惡魔、地獄四天王之一的阿斯莫德為……小莫？

這兩人之間的關係有多親暱啊！

「會覺得我跟她對話有意思的人，大概也只有奈醬了吧。」

阿斯莫德仍是從容地笑了笑回應繪里奈。然而他對繪里奈的暱稱，再度引起宮成茜的詫異。

「奈、奈醬？天啊……你們之間的關係果然不是朋友這麼單純！」

宮成茜快暈倒了。

拜託不要在她面前放閃成這樣啊，她的心臟受不了！

摀著胸口，宮成茜試著讓呼吸平穩下來，不然她真的會暈過去。

「妳胡說八道什麼，還是……妳吃醋了？」

阿斯莫德曖昧地看向宮成茜，嘴角摻有一絲惡意調侃。

「哈啊？我才沒吃醋！你才是胡說八道吧！」

宮成茜惡狠狠地瞪了阿斯莫德一眼，只差沒補上踩一腳。

「哎呀呀，兩位，別又吵了起來，尤其是小莫，你可知我才剛安撫好他們而已嗎？」繪里奈嬌媚地笑了笑，聲音依然婉約動聽。

「嗯，這倒也是，看在奈醬的分上，我就不調戲妳了，宮成茜。」

阿斯莫德摸了摸下巴，下了決定。

「男人真是無聊透頂……」

不以為然地冷哼一聲，宮成茜壓低嗓音說。

「總之，讓我正式介紹，諸位，這位就是我的朋友，繪里奈，也是這家『吉原樓』的當家花魁。」

阿斯莫德走到繪里奈的身邊，將她介紹給眾人。

姚崇淵第一個回應：「當家花魁啊……難怪這麼漂亮！」

下一秒，又馬上針對宮成茜補了一句，「跟某個女人完全不一樣，嘖嘖，要學學人家的好榜樣呀。」

宮成茜本想大聲地回嘴，但想到這樣下去只會沒完沒了，只能硬是將這口氣吞進肚子裡。

沒錯，與其跟姚臘腸（？）繼續鬥嘴下去，她更想知道繪里奈的事，當然，這其中包括了繪里奈能提供什麼安全庇護給他們。

「茜，妳放心，我永遠都站在妳這邊。」

月森湊近，一手按在她的肩膀上。

宮成茜忍不住回了一句：「我說月森哥……雖然你這麼說，你還是對繪里奈目不轉睛呀……」

男人果然都是一個樣——宮成茜再度認證了這點。

「嗯，對我就不用特別介紹了。」

伊利斯板著一如既往充滿殺氣的臉孔，但其實他毫無惡意。

「咳，繪里奈小姐，初次見面妳好，我就開門見山地說好了，聽阿斯莫德說，妳能提供我們庇護所？」

宮成茜直截了當問，省得煩惱。

「呵，還真是乾脆的問話……是的，小莫已經跟我說過你們的處境，而我也了解你們在地獄第八圈裡確實比較危險……詳細的情況，這裡人多我們不好聊，到我的房間談談吧。」

繪里奈伸出手，向眾人邀請道。

「我明白了，謝謝妳也很乾脆地願意回答我的問題。」

雖然這麼客氣的話，很不像是她會講出口的，但這個繪里奈比她想像得還要體貼、善解人意。

宮成茜心想，真不愧是在這種地方工作的女人，就是懂得如何讓人增加對她的好感。就算只是表面工夫也沒關係，宮成茜還真不討厭這樣的女性。

繪里奈在某種層面上來說真是個厲害的角色呢！

「那麼，請各位跟我走一趟吧。」

帶著笑意的視線平均地掃過所有人，繪里奈先行走在前頭帶領眾人。

跟著繪里奈一路經過蜿蜒小路，走在木質地板上，經過一間間掩起門來的房間，宮成茜都不敢看得太仔細，如果可以她甚至想關起耳朵不去聽……

實在是因為那些房間裡，不是出現女性嬌滴滴的嘻笑，就是男人粗重的喘氣聲……又或是聽了令人立刻面紅耳赤的女性嬌喘。

宮成茜當然曉得門後都在做些什麼事，這裡可是名符其實的紅燈區啊！來這裡尋歡的男人，在一個個小房間裡會做出何事，宮成茜用膝蓋想都知道。

只是實在太害臊了，聽到這麼多充滿色情意味的聲音，她就算臉皮再厚，也打從心底不自在與尷尬。

相較之下，身旁的同伴們，嗚哇……真不愧是惡魔跟亡魂，好像對地獄裡這種事都習以為常了呢，神情都鎮定得可以。

唯有姚崇淵那個疑似還沒過完青春期的小矮子，興奮得跟什麼一樣，賊頭賊腦、只差沒口水直流地到處偷看。

啊啊，看著姚崇淵這副德性，宮成茜不禁搖了搖頭。

反觀走在最前頭的繪里奈，真不愧是當家花魁，即使身在汙泥之中，也能保持那屹立不搖的直挺身姿與平靜神情，果真是在煙花圈裡打滾的女人呀。

經過一路上的磨練（？），走在前頭的繪里奈終於推開了一扇門，以溫柔親切又迷人的微笑對眾人道：「各位請進。」

「打擾了。」

宮成茜說道，同時跟著其他人一起進入其中。

「這是我營業的場所，平常也住在這裡，各位不嫌棄的話請隨意坐坐。」

繪里奈一邊說，一邊忙著從櫃子找東西。

另一方面，宮成茜觀察起房裡的種種，繪里奈所說的營業場所……應該就是指那個方面吧？

在這裡從事各種……喔喔喔，宮成茜不敢再想像接下來的畫面。

如果再想下去，她的心恐怕就要跳得快到脫離胸口了。

搖搖頭清除腦海裡不該有的桃色畫面，她轉移注意力地再次觀察起房間。

這是一間和風的寢室，地上鋪著米白色的榻榻米，空氣中飄散一股清香，不是風月場所裡的胭脂味，更像是茶香……

繪里奈拿著茶壺沏茶，將裝滿熱騰騰褐黃色澄澈液體的陶杯，一一遞給其他人。

「這杯是妳的哦，小茜。」

「小、小茜……」

從繪里奈手中接過茶杯的同時，宮成茜因為對方的稱呼而愣了一下。

剛剛……

剛剛繪里奈叫她什麼？

她應該沒聽錯吧？

愣愣地低下頭，宮成茜喝了口茶壓壓驚，不斷在心裡告訴自己要鎮定、鎮定。

「如何?我泡的茶還合大家口味嗎?」

繪里奈笑笑地問，除了宮成茜，其他人都頻頻點頭。

見到這一幕，宮成茜心想你們這群男人，根本是因為對方是絕世美女，才個個點頭如搗蒜吧!

壓抑住吐槽的心思，宮成茜又啜了一口茶。

「小茜，茶的味道妳不喜歡嗎?」

「欸?不、不會啊!很、很好喝很香!」

不知道自己在手忙腳亂什麼，宮成茜慌張地回應。

自己到底是怎麼一回事，面對同為女性的繪里奈竟會如此害羞錯亂?

難道繪里奈的魅力這麼大，男女通殺?

就連她宮成茜也逃不出這名當家花魁的魔掌?

唔，原來她習慣了身邊這群臭男人……是因為自己其實喜歡的是女人嗎?

嗚哇，感覺百合世界的大門在面前開啟了……

「啪!」

響亮的一聲，來自於宮成茜的臉頰。

「妳沒事幹嘛打自己巴掌啊？」

一旁的姚崇淵見狀，一臉見鬼似地提問。

「沒事，我只是要關閉另一個世界的門而已。」

「妳在胡說八道什麼，有事嗎？妳腦子燒壞啦？」

姚崇淵嫌惡地反問。

宮成茜將姚崇淵的問題視為耳邊風，乾脆直接提問：「繪里奈，既然我們已經避開他人耳目，能否請妳跟我們說明一下了？」

「好的，妳想知道如何保障你們的安全對嗎？」

面對宮成茜單刀直入的詢問風格，繪里奈仍然保持從容不迫的優雅。

「沒錯，這也是我們前來找妳的原因，若非關係到我們的生命安危，也不會特地來打擾繪里奈小姐……」

宮成茜話還沒說完，繪里奈伸出手來，輕輕握住她的手。

「叫我奈醬就好，小茜。」

「咦？」

被突然握住雙手，感受到繪里奈身上傳來的暖意與香氣，宮成茜腦海裡彷彿有什麼東西斷了。

啊啊，這個香氣，這個軟軟的觸感，完全不同於平時接觸的臭男人體味與肌膚……

「啪啪！」

這一次，宮成茜直接連賞自己兩巴掌。

「那個，小茜……妳怎麼了嗎？」

見到宮成茜突如其來的舉動，繪里奈似乎也稍稍吃了一驚。

「我只是感覺到自己的邪惡心念，的確該下地獄而已。」

宮成茜沉著臉，臉上籠罩著一片陰霾，低聲地回應繪里奈的問題。

為什麼，這世界要有繪里奈這樣男女通吃的罪惡之人呢？

為何要誘惑她開啟百合的大門呢？

難怪會下地獄啊奈醬！

「咳咳，我們繼續剛才的話題吧？奈……奈醬？」

自己最後還是臣服在繪里奈的溫柔攻勢下了，宮成茜這麼想著。

「啊，是關於安全性的話題對吧。在你們來到地獄第八圈之前，小莫就有跟我聯絡，希望在你們抵達第八圈時能夠提供暫居的庇護場所。」

「事先跟妳聯絡？」

宮成茜意外地將目光投向阿斯莫德。

「在我們搭乘格利鴻的時候，我就先聯絡奈醬了，用心良苦啊。」

阿斯莫德一手摀著胸口，故意做出眉頭深鎖的認真模樣。

「雖然我不清楚你用什麼方法聯絡，但這次就先謝過你了。」

宮成茜一點也不想理會阿斯莫德的表演，總之有這麼做就好。

「嗯，難得聽到小茜跟我道謝，我這麼做也值了。」

阿斯莫德一手刮了刮下巴，略為感動地道。

「你可不可以別用這種稱呼？聽起來有夠噁心。」

沒好氣地翻了個白眼，宮成茜不客氣地回應。

「怎麼會呢，而且奈醬就可以這樣稱呼妳，為何我不行？」

紅髮惡魔一臉受傷的樣子，再次摀著心口。

宮成茜冷冷地瞪了對方一眼，「收起你的爛演技吧。誰叫你是噁心的男生，這種可愛的稱呼不適合從你嘴巴說出來。」

宮成茜覺得自己沒有當場暴打對方一頓已經很客氣了。

「這是性別歧視呀，性別歧視。」

阿斯莫德抗議道。

「少囉嗦，你到底要不要讓我跟繪里……奈醬把話說完啊？」

狠狠地瞪了阿斯莫德一眼，宮成茜略帶怒意地反問。

「小莫，讓我跟小茜好好對談吧，我們之間的對話你最好還是別插嘴的好喔。」

就連繪里奈也看不下去，同樣用稍微強硬的態度對阿斯莫德說道。

「好吧，既然連奈醬都這麼說了……」

阿斯莫德似乎有些沮喪，宮成茜心想，那個繪里奈敢對阿斯莫德這麼說，可見真的是個不容小覷的狠角色。

啊啊，這樣不行，再下去好像會越來越欣賞奈醬，如此一來百合的大門就要完全敞開再也關不上了呀！

「茜，妳怎麼了？我看妳好像一直反反覆覆抱著頭不知在想何事。」

月森真是替自己的學妹捏一把冷汗，自從見到繪里奈之後，茜就開始有這種怪現象呢。

「月森哥，沒事的，真的沒事……應該。」

宮成茜搖了搖頭，她怎麼可能把百合危機說出口啊。

「那麼，我繼續說了……小莫聯絡我後，我就知道你們的處境，畢竟小莫曾經有恩於我，他第一次要求我幫忙，我當然義不容辭地答應了。」

繪里奈接續說：「雖然你們在地獄第八圈裡的處境有些艱難，但別西卜的人若想進到吉原樓搶人或傷害你們，也不是這麼容易的事。」

有那麼一瞬間，繪里奈臉上出現陰沉又冷冽的神情，只是很快又變回原本溫柔的笑臉。

「奈醬……」

雖然嘴巴說出這如此可愛的稱呼，實際上宮成茜心裡想的是……這女人果然不好惹。不過，她更好奇為何繪里奈會這麼說的原因，肯定有後盾在才敢這樣說吧？

「我們吉原樓，是地獄之主路西法大人直營的店鋪，惹上我們就等於直接惹上吾主。就算是那個司馬昭之心人人皆知的別西卜，也不會這麼愚蠢地直闖我們店裡鬧事。」

繪里奈說完，又拿起茶杯啜了一口。

「原來是路西法直營店啊！」

宮成茜點了點頭，畢竟人家是地獄之主，經營妓女戶好像也不是什麼奇怪的事。不，反倒相當適合他的身分呢，萬惡且墮落的地獄晨星路西法。

好在路西法有這個直營店，而且還開在地獄第八圈，不然他們還真沒有可以落腳的地方。

「聽妳這麼說，那我真的可以稍微放心了。」

宮成茜也跟著拿起茶杯，跟著一起喝了一口還冒著白靄熱氣的茶。

「當然我也不是能百分之百保證，不過若只是暫住幾天，應該沒問題才是。這裡的媽媽桑也對我很好，她會好好招待你們的。」

繪里奈微微一笑，不出意外地，像是姚崇淵那傢伙馬上又臉紅且看得恍神了。

「嘖……」

宮成茜馬上發出不以為然的聲音，臘腸狗天師真是太不成熟穩重了。但也不能怪他啦——因為這傢伙都還在靠喝牛奶長大嘛。

「謝謝奈醬，接下來就麻煩妳也打擾妳了。」

「別這麼客氣，你們這兩天就好好在這裡住下，讓小莫去處理事情吧。」

繪里奈又是甜甜一笑，笑得讓人都快蛀牙地甜。

一旁的姚崇淵，已經開始無法克制地流鼻血了呢……

當然，宮成茜再度拋射一記白眼過去，看著繪里奈入神的某天師，似乎沒有接收到這道充滿不屑與輕蔑的眼神，某種層面而言，也算是好事吧……

整體而言，對於宮成茜來說，眼下算是可以稍稍放下心的局面。

在這之後，就在繪里奈與她口中的媽媽桑安排下，大夥分別入住不同的廂房。

媽媽桑此時卻唯獨對宮成茜說：「宮小姐，是這樣子的，我們的空房數有限，因此……」

「我知道了，是要我和誰同住吧？沒問題的，這裡畢竟不是民宿或飯店。」

宮成茜能夠理解，反正和人同住一間房的情況也非第一次發生。

「宮小姐願意這麼想，實在太好了，不然我還在擔心到底該如何開口呢。」

媽媽桑像是鬆了一口氣，撫了撫胸口。

對她來說，宮成茜可不是一般客人，是地獄之主路西法欽點的作家，也是阿斯莫德大人的朋友。儘管現在別西卜跟阿斯莫德之間的關係眾所皆知，她也誰都不能罪，特別是在這敏感的時機點上。

「妳就直說吧，要我跟誰合住？」

宮成茜直接挑明地問。

媽媽桑眉開眼笑地回答：「宮小姐，算妳幸運，我們家的繪里奈非常樂意提供房間與妳合宿呢！這可是第一次啊！」

「奈醬？她願意將房間讓給我一起合住？但那裡不是她營業的場所？」

繪里奈這麼熱情，宮成茜其實也挺高興的，算是有些喜出望外，畢竟終於可以不用跟臭男人合宿，對她來說是多麼難能可貴的事。

已經好久好久，沒有跟同性別的女孩子住在一塊了！

光是想像起來就格外心情飛揚，只是她得再問仔細點，希望不會因為自己的緣故打擾到對方的生活。

「是繪里奈自己提出的哦！營業的事妳不用擔心，歇業兩天也不是什麼多大的問題，以我們家繪里奈的搶手程度來說，好好休息一下也是應該的。」

媽媽桑搖了搖頭，向宮成茜表示沒問題。

「那就好，不過還是有些不好意思啦，讓奈醬這樣為了我歇業……」

宮成茜害羞地撓了撓後腦勺。

「哎呀，不要緊的，現在妳就跟我去繪里奈的房間吧？看看有沒有什麼需要的物品再跟我說。」

媽媽桑熱情地一把拉起她的手。

「是、是嗎？那麼我就先謝謝妳們的好意思了……」

媽媽桑如此熱情款待，宮成茜也只能傻笑接受對方的好意。

跟著媽媽桑回到不久前才剛離開的地方，也就是繪里奈的房間，走在前頭的媽媽桑敲了敲門道：「繪里奈，我帶宮小姐來囉。」

「是媽媽桑呀，辛苦妳了，請小茜進入吧。」

拉門之內傳來繪里奈的聲音，不過……宮成茜總覺得好像哪裡有些不太一樣，但她也說不出原因。

「宮小姐，請進吧，我還有事，就先去忙了。」

媽媽桑禮貌地欠身，轉身離開了。

宮成茜目送她離去，總有種說不上來的……奇怪，媽媽桑的態度就好像完成某種階段性任務，終於可以鬆口氣的感覺。

從剛剛開始不管是繪里奈的聲音，還是媽媽桑的態度都讓宮成茜有種微妙的異常感。

「打擾了……」

宮成茜一邊推開拉門，一邊向裡頭的繪里奈打招呼。

「小茜，請隨意哦，這兩天就把這裡當成自家一樣吧。」

只有聽到繪里奈的聲音，而沒看到她的人。

宮成茜頓覺納悶，判斷聲音是從隔間的小房間裡傳來，那裡應該是繪里奈梳妝的地方吧？

不知道繪里奈現在在做什麼？

「嗯，奈醬，妳在忙的話可以慢慢來，用不著急著出來喔。」

宮成茜對著門板方向喊話，反正現在也沒什麼事。

「呵，小茜真是善解人意，難怪我看小莫還有其他人都很喜歡妳的樣子。」

「哈，善解人意這種讚美我還是第一次聽到呢……真正善解人意的是奈醬吧。」

在人世的時候，由於自己是頗負盛名的大作家，早就養成對人頤指氣使又蠻橫的脾氣。看來，被打入地獄的這段期間，種種磨練磨出她的好性子了……不只說話變得客氣，也難得聽到有人稱讚她善解人意。

或許，在某種層面上來說，她該感謝讓自己墜入地獄的杞靈。

不知道那女人現在過得如何？

跟在別西卜身邊會比自己過得還好嗎？

宮成茜難以想像，但至少她清楚，別西卜是一名真真正正的惡魔，邪惡的存在。

話說回來……繪里奈在小房間裡待這麼久，到底是在忙什麼？

隨著時間拉長，她的好奇心也隨之增加，但是她都把話說出口了，只能靜心等待繪里奈從小房間裡出來。

等候的這段期間，宮成茜在房裡靜待與查看。

和第一次踏進來時的一樣，空氣裡總是飄著淡淡的茶香，而非濃郁刺鼻的胭脂水粉味。

房內有著女孩子會有的大衣櫃，宮成茜猜想裡頭一定掛著一件件華服；擺著珠寶首飾的小櫃子、鋪著紅色床單的雙人床……以及有個讓宮成茜看不太懂的東西。

「這是……什麼東西？」

宮成茜眉頭一皺，對於眼前的物品有些錯愕。

因為，這不太像是女孩子會穿的衣物吧？

「為什麼……奈醬的房裡會有運動四角褲啊？」

睜大雙眼認真地看著擺在桌上的四角褲，宮成茜腦海裡最先出現的是問號，接著開始替繪里奈找解釋。

或許，這是之前男客人留下的衣物？

畢、畢竟繪里奈做的是那方面的工作嘛……

「嗯嗯，肯定是這樣……別自己嚇自己了宮成茜……」

按住自己的胸口，宮成茜喃喃自語。

「小茜，妳有說話嗎？我在隔間裡聽不太清楚。」

從隔間傳來繪里奈的聲音。

宮成茜趕緊回應：「沒有，我剛才什麼都沒說！」

說得如此堅決，宮成茜真是越來越佩服自己說謊的功力，進步神速啊。

「是嗎？那妳等等我，已經弄好了……」

繪里奈的聲音逐漸變小，宮成茜則納悶著對方到底在「弄」什麼。沒多久，隔間的小門終於從內側打開，繪里奈的身影走了出來。

那是穿著一身樸素衣袍的繪里奈，像是要和衣物呼應一樣，她也是一臉素顏。

沒有初次見面時的濃豔，也少了一股嫵媚的氣息……雖然還是很漂亮，但多了一種清秀感，甚至……

「小茜，妳為什麼一直盯著我的臉？我的臉上有什麼嗎……該不會是妝沒卸乾淨吧？」

歪著頭，繪里奈困惑地問。

宮成茜立刻搖了搖頭，「不不，不是妳臉上有什麼啦，妝也卸得很乾淨，沒化妝的奈醬一樣很清秀漂亮！」

這是真心話。

只是那種微妙的……奇異感，宮成茜還真難以形容，說實在的，方才看到男用四角褲的衝擊還未消除。

「呵呵，小茜真會說話呢，就是這麼討人歡心嗎？」

繪里奈微微一笑，即使脂粉未施，依然相當迷人。

「坐吧，別一直站著呀，這裡可是妳要住個兩天的地方呢。」

自己先坐到榻榻米上，一手拍了拍身旁的空位，繪里奈笑著邀請。

「唔，那我就不客氣了……」

宮成茜走到繪里奈所指的位置坐了下來。

不知為何，近距離地坐在繪里奈身旁，心跳竟會莫名地加速，宮成茜心想自己真是腦袋燒壞了。

居然會對一個女人心跳加速？

而且僅僅只是坐在對方身邊而已喔！

宮成茜摀著胸口，想讓自己的心跳慢下來，她可不想被捲入百合世界之中啊！

「小茜，妳今晚想睡左邊還是右邊？」

「欸？」

宮成茜不解地眨了眨眼。

「不管小茜想睡哪邊都可以哦……」

繪里奈將身體挪近宮城茜，湊到她耳邊低聲說：「因為，漫漫長夜裡，只會有我們兩、個、人……」

「唔！」

宮成茜反射性地後退，身體不由自主有一陣酥麻電流竄過的感覺，這種反應讓她想起當初被其他男人挑逗時的感受……

怎麼會這樣？

難道繪里奈真是男女通吃的強者，連身為女性的自己都無法招架？

「我、我還是睡左邊好了！」

宮成茜指著左邊的空位，實際上兩邊並沒有差太多，一樣都是將床單鋪在榻榻米上。選擇的原因，只是因為左邊的位置接近門口，宮成茜下意識地選擇比較好逃脫的位子。

不知為何，和繪里奈在一起總是讓她有些膽顫心驚……不是那種攸關性命的危險，而是貞操的危險！

「那就這麼決定囉，晚上我們一起睡吧。」

繪里奈又是甜甜一笑。

如果是一般客人，可能會立刻心神蕩漾，但宮成茜身為女性，對於繪里奈的還是有抵抗力的，她不斷在心底告訴自己，千萬不要被牽著走了！

珠簾外頭的天色漸漸暗下，華燈初上，待在吉原樓之中，讓宮成茜覺得非常有東方的氣息，和過去充滿西方奇幻風格的地獄其他區域很不一樣。

待在繪里奈的房間裡，宮成茜掀開半透明的紅色珠簾，看向窗外，入夜之後的地獄第八圈顯得更加具有朝氣。

一家家店面亮起了霓虹燈，閃閃爍爍，各式各樣花哨的燈光與招牌，彷彿都使盡招數地誘惑著經過的人們走入。

光是夜景，就讓宮成茜看得入迷，如此華美的夜色還真是難得一見……縱使，在華麗的夜色燈光之下，交織的是情欲流動，男男女女用曖昧的言語和肢體動作，引人走進綺麗浪漫，但背地裡只是肉體交換金錢的醜陋。

至於多麼醜陋……

只要宮成茜稍稍轉移一下注意力，就能聽到從隔壁房間傳來的……各種活色生香的嬌喘呻吟，以及完事之後女子數錢的聲音。

明明前一刻才甜膩膩地喊到喉嚨都痛的程度，客人一走，宮成茜就能聽到女子那毫無起伏，甚至不屑地算錢的聲音。

在某種程度上，宮成茜也真是佩服這些煙花女子的變臉速度……遇到客人馬上端起笑容，果然是專業級的啊。

不知道繪里奈……是不是也這樣呢？

想起對方的笑容，那甜得令人心口發癢的模樣，宮成茜趕緊搖了搖頭，因為她實在難以想像啊！

現在這個時間點，不知道其他人都在做什麼？

啊，那個姚崇淵該不會真的跑去找女人吧？

至於這座房間的主人，繪里奈之前有跟她說了，雖然這兩天她算是放假的狀態，但仍有些客人需要招呼，只留下宮成茜一人在房間等待。

這段期間，阿斯莫德也應該早就離開吉原樓，前去打探別西卜在地獄第八圈駐軍的情報了吧？

她還是不太能理解，明明是同出一條血緣的兄弟，到底為何會鬧成這樣呢……

唉，總之希望這趟探查情報，阿斯莫德能夠有所收穫。

獨自一人待在房裡，為了不要再被隔壁房的呻吟干擾，同時也為了趕稿，宮成茜先前就跟媽媽桑借了轉換插座，拿出筆記型電腦開始寫稿。

已經來到地獄第八圈，距離地獄深處不遠了，她能夠拿回靈感、重回人世的那天也越來越近。

說也奇怪，雖然她總覺得自己缺乏靈感，筆下這部地獄遊記輕小說好像寫得很不順手，但目前她從頭翻閱過一次……其實沒有她想像的糟糕。

雖然閱讀起來仍有些卡卡的部分，但宮成茜認為已經比預期的好，大概是因為地獄遊歷期間各種驚奇的遭遇與見聞，將這部小說寫得比較活潑生動又有亮點吧？

跟自己在地獄的遊歷一樣，她筆下這本故事也快接近尾聲，故事中的主角和她很像，都在為未來而迷惘……沒錯，認真來說，她筆下的主角就是自己縮影與寫照。

不知道自己接下來會面臨何種危險，不知道自己是否真能重回人間——當初路西法是這麼說沒錯，但途中會不會遭到別西卜等人的殺害，宮成茜自己也不敢肯定。

不過，死於地獄之中，頂多無法回到人世，跟月森哥一樣在地獄裡當個鬼魂吧？

「這樣好像也不會太差嘛……」

宮成茜看著自己的小說，嘴角揚起苦澀一笑。

「什麼不會太差？」

拉門被人推開，宮成茜尋聲轉頭一看，就見繪里奈笑笑地探頭進來。

「繪、繪里奈！」

「錯了，要叫我奈醬唷。」

對著宮成茜瞇起雙眼燦爛一笑，繪里奈隨後走進房間之中。

「呃，一時間忘了改口嘛……」

一手撓了撓自己的後腦勺，宮成茜笑得有些尷尬。

「呵呵，妳剛剛在說什麼呀？難道我們的小茜有自言自語的習慣？」

繪里奈來到宮成茜的身旁。

「沒有啦，我只是在看自己寫的小說好像沒有太差……」

宮成茜再度將視線放回小說上。

「嗯哼……對哦，小茜是奉路西法大人的命令來地獄撰寫小說，讓我偷看一下妳寫了什麼吧！」

「欸？不、不要啦！這是在缺乏靈感的狀態寫出來的，雖然不差但應該也……」

「嗯，小茜，妳不擅長寫勾引人的情節對吧？」

「哈啊？」

宮成茜以為自己聽錯了，想不到她轉頭一看，發現繪里奈的神情意外地認真。

「這裡，這一段劇情啊，不是寫女主角試圖勾引純潔的天使嗎？可是啊，小茜，照妳文中寫的勾引方式是行不通的。」

繪里奈對著電腦螢幕指指點點。

「那要怎麼寫比較好？」

宮成茜也知道她寫的情節有些笨拙，但為了劇情需要必須加上這一段，不禁流露出困擾的神色。

「呼呼，妳真是問對人了，小茜。」

繪里奈發出奇妙的笑聲，撥弄烏溜溜的長直髮，「這就是我的本行跟專長呀。」

「唔，妳這麼說也對。」

宮成茜點了點頭。

不過那個笑聲是怎麼回事？好像有那麼一瞬間變得不像她認識的繪里奈呀。

「奈醬，妳能告訴我這邊要怎麼修改比較好嗎？」

繪里奈神祕地揚起笑容。

「這個呀，用說的不太好理解。」

「咦？」

不妙。

宮成茜腦海中警鐘大作。

「奈醬，妳的意思是……」

「呵，我的意思是，當然要親、自、體、會呀！」

感覺都能從繪里奈的句末看到愛心符號，宮成茜臉色驟變。

「別、別開玩笑了，這種東西怎麼可能親自體會啊！」

宮成茜猛搖著頭，她的理智跟危機意識都在告訴自己這樣很危險。

「這種事情當然要親身體會，相信我專業的建議。」

才剛說完，繪里奈突然將宮成茜從椅子上拉起，「好了，現在我們就來實習一下。」

「等、等等！奈醬我沒打算——」

宮成茜根本沒有拒絕的機會，就被拉到一旁的榻榻米空地上，繪里奈的力氣出奇地大，強迫性地按著她坐下。

宮成茜意外著為何繪里奈有如此蠻力時，繪里奈也坐了下來，從旁邊拿出一盤裝滿櫻桃的水果盤。

繪里奈從中取出一顆酒紅色的櫻桃，對著宮成茜微微笑道：「來，先吃一顆櫻桃甜甜嘴吧？啊——」

宮成茜一頭霧水，但心想吃個櫻桃應該沒什麼吧，於是依言張開了嘴巴。

「呵，才不給妳吃呢。」

繪里奈笑著將手收回。

「啊，好狡猾哦妳！」

宮成茜感覺自己明顯被戲弄了！

「呵呵，小茜別生氣，我這就弄給妳吃。」

宮成茜心想這還差不多時，繪里奈毫無預警挑起宮成茜下巴——用她的嘴，將咬在口中的櫻桃遞給宮成茜。

那一瞬間，宮成茜的心跳彷彿暫時停止。

碰觸到櫻桃的當下，有股難以言喻的電流竄過她全身，明明沒有碰到彼此雙唇……僅僅差一點點的微妙距離，反而引人更加遐想。

嚥下櫻桃，宮成茜傻愣愣地看著堆滿笑容的繪里奈，看她笑得那麼燦爛，好像方才什麼事都沒發生一樣。

「吶吶，好吃嗎？」

繪里奈像個小孩子一樣探近宮成茜詢問。

「好、好吃是好吃啦……」

宮成茜歪著頭回應。

問題根本不在於櫻桃好不好吃吧?而是剛才那舉動為何天殺的讓她心跳暫停啊！

「我很高興唷！」

繪里奈站起身，迅速地繞至宮成茜的背後，給她一個突如其來的擁抱。

「嗚哇！奈、奈醬妳這樣我嚇到了啦！」

本來就不太習慣跟人如此近距離接觸，宮成茜面對繪里奈的熱情，一時間有些慌亂。

「是驚喜啦，才不是嚇到呢，這兩種感覺很相似呀。」

繪里奈雙手從後頭抱住宮成茜，兩隻纖纖玉手垂掛在宮成茜肩膀上。

「奈醬妳還真敢說……」

宮成茜尷尬地扯了扯嘴角，感覺對方不管語氣跟笑聲都跟小孩子一樣天真爛漫。

只不過……

繪里奈的胸膛好像比想像中還硬啊？

而且也沒有什麼分量……

看來，繪里奈不是靠身材吸引客人的類型，忽然間對繪里奈能當上花魁覺得更厲害了。

「呵呵，因為事實就是如此呀。」

繪里奈點了點頭，在宮成茜耳旁這般說道。

「我說奈醬，能不能別再抱我了？我想應該已經知道怎麼寫調情的情節……」

對於繪里奈的熱情，宮成茜還真有些不自在，或許她不是男人的緣故吧，不然換作像是姚崇淵那傢伙，今天若被繪里奈這麼一弄，肯定高興得飛上天。

好在自己不是那麼膚淺的人，宮成茜暗自慶幸。

「沒有唷……這樣還不夠。」

繪里奈的聲音壓低，更加湊近宮成茜的耳朵，讓宮成茜瞬間有種危機飆升感。

「等等，奈醬，我真的——」

宮成茜話還沒說完，一陣惡寒從腳底急竄到頭頂，只因繪里奈的右手冷不防鑽進她的衣領之內。

「我跟小茜之間的調情……還沒結束唷……」

繪里奈煽情地輕咬了宮成茜耳垂一口，又酥又麻的感受立刻使宮成茜緊瞇起雙眼，身體更是不由自主地輕顫。

「奈、奈醬，這樣不行啦……」

「為什麼不行……妳的身體很歡迎我這麼做呀。」

一邊看著宮成茜扭捏著身子，兩頰泛起紅暈，繪里奈用柔柔的嗓音對著她道。

「才、才沒這回事……」

宮成茜想反抗，無奈身體卻不知為何無法逃脫對方掌控。

繪里奈的雙手難道有什麼魔法嗎？還是對她下了咒語？

又或者是同樣都是女生……她才沒像其他人碰到自己時那樣產生反感嗎？

但這樣才詭異啊！

現在不就一腳踏進百合的禁忌大門了嗎！

「呵呵，盡量把身體放鬆……妳放心，這次我不收費的唷。」

「這不是收不收費的問題啦！奈醬我說真的別鬧了……」

宮成茜苦惱著到底該如何才能勸退對方，她隨後補上一句：「我們都是女生，這樣實在太奇怪了！」

彷彿是使盡全力才吐出這句話，但見繪里奈沉默了一下，接著又發出那讓人不知如何捉摸的輕輕一笑。

「小茜……妳還真是可愛又單純呢。」

「哈啊？什麼跟什麼啊！」

對於繪里奈的話，宮成茜毫無頭緒，這壓根是兩碼子事吧。

「瞧妳比我預期中還單純，當然覺得可愛了。」

繪里奈終於鬆開環抱住宮成茜的雙手，身體稍稍離開她，一手輕掩著嘴巴好似在竊笑。

「到底哪裡可愛了……」

宮成茜小聲嘀咕，不過好在繪里奈已經鬆開手，她終於得以鬆一口氣。

「那麼……」

繪里奈又突然湊近她，將下巴靠在宮成茜肩上。

「是男人的話就可以嗎？」

「欸？」

宮成茜感覺繪里奈在耳邊吹了一口熱氣，身體立刻又不由自主地顫抖一下。

真是的！繪里奈到底在想什麼啦！

一下這樣一下那樣的，根本不是教她調情而是要搞混她吧？

「話、話也不是這樣說……」

「呵，還真是認真呀，不過像妳這麼認真地回答，我也覺得很可愛呢……啊，該怎麼辦呢？」

繪里奈一邊說，一邊捧著自己的臉頰，好像很陶醉地看著宮成茜。

相較之下，宮成茜只感覺一陣惡寒竄過背脊，身體下意識地快快往後退，盡可能拉開與繪里奈之間的距離。

警告！

警告！

繪里奈這號人物實在太危險了！

「呵，別一副害怕的表情嘛，好像我是吃人的野獸一樣……這樣很讓人家受傷呢。」繪里奈說著露出一臉無辜的神情。

「我也不是那個意思啦，只是──」

「呵呵，不鬧妳了。我看天色已晚，不如我們熄燈入睡吧？」

繪里奈起身準備關燈。

「啊，熄燈入睡……」

宮成茜嚥下一口口水，大概是前面發生的事情，使她不由得又警戒起來。

「唉呀，放心放心，是真的蓋棉被純聊天，不會再對妳出手的啦。小茜，別這麼怕我嘛。」

繪里奈嘴角揚起有點無奈的苦笑。

「咳，其實我也沒想那麼多啦。」

宮成茜趕緊改口，不過她的確是放心多了。

「呵，我就相信小茜囉。來吧，床幫妳鋪好了。」

繪里奈便坐了來，拍拍剛鋪好的床單，笑著對宮成茜說道。

宮成茜這回沒有太多猶豫，就順著對方的意思躺下。

燈光熄滅，蓋上軟軟香香的棉被，宮成茜起初還有點懷疑繪里奈會不會又對自己出手……然而，經過一整夜的考驗，她才知道這只是多餘的掛念而已。

白色晨光溫和地透進珠簾之內。

像小孩的手，柔柔嫩嫩地拂過宮成茜的臉頰，還有些微微的搔癢感，促使她在這美好的早晨中緩緩地清醒過來。

不知道已經過了多久，好久好久了吧，沒有像這樣睡到自然醒，而且睡得如此安心，宮成茜為這難得的經驗感到小小幸福。

清晨的陽光是如此舒爽，美妙得讓人一時以為不是置身地獄，而是天堂。當然，這種錯覺，很大半是因為宮成茜難得睡得好，自然醒的感覺，對她來說簡直是可遇不可求的美夢，如今實現了，一時間就出現這種飄飄然的感受。

「嗯啊……好久沒睡這麼過癮舒服了……」

宮成茜坐起身伸了一個大懶腰，全身的精神都隨著懶腰過後抖擻起來。

「咦？奈醬人呢？」

床鋪右側一片空白，本來睡在這邊的繪里奈不知何時早已不在。

老實說她有點意外，沒想到愛戲弄自己的繪里奈，還真的整晚都沒有對她毛手毛腳……好吧，就算沒聊天，但兩個女人睡在一起不就是這樣嗎？

房內不見繪里奈的身影，宮成茜懷著好奇的心，想像繪里奈這種習慣夜生活的人，通常會那麼早起嗎？

看看空無一人的床邊，宮成茜也只能猜測繪里奈應該是早已起床不知去哪了。

「奇怪，她會去哪呢？」

宮成茜起身，往拉門的方向走去。

一大早，吉原樓內人去樓空，然而整體環境都收拾得很好，可見這是一家重視環境且有制度的娼館。

宮成茜不禁在心中讚嘆，不愧是地獄之主路西法旗下的直營店……

不對，現在不是想這個的時候，她出來的目的不是為了讚嘆吉原樓、感恩吉原樓，而是要找尋失去蹤影的繪里奈。

一路上沒看到其他人的身影，宮成茜猜想應該是她太早起了，大家都還在休息吧？

走著走著，宮成茜誤打誤撞來到吉原樓的後花園，花園不大，種滿各式各樣的花花草草，有種別於吉原樓內華麗裝潢的清新。

鳥語花香的後花園清靜悠然，說不定，這裡就是吉原樓的女子們，工作之餘放鬆休閒的地方？

宮成茜懷抱著觀賞與放鬆的心態，在花園內散步，一時間忘了原先的目的……

直到她聞到前頭傳來的菸味。

「怎麼會有人一大早就在這裡抽菸？臭死了。」

宮成茜沒好氣地摀著口鼻，找尋破壞空氣的使作俑者。很快地，她便見到一個背影，穿著寬鬆灰色和服的人，微微駝著背，呼出一陣又一陣的白色煙圈。

抓到了，現行犯！

宮成茜在心底叫著。

對方身材纖瘦，穿的衣服也很中性，宮成茜無法斷定對方是男是女。

再走近一看，對方的側臉映入眼簾……她大概認出這個人是誰了。

清秀的臉龐與立體的五官輪廓，不就是她要找的繪里奈嘛！

只是……

綁起頭髮、脂粉未施的繪里奈，好像還真有些中性，況且就連坐姿都……意外地豪放。

一腳抬起來放在石階上，一手則跨在膝蓋上，另一手則拿著香菸，看著遙遠的天空，吞吐著煙圈，神情來看似乎還有些陰鬱。

宮成茜沒想到，在她印象裡嬌滴滴又魅惑人心的繪里奈，竟也有這麼粗獷抽菸的一面？

繪里奈此刻在想著什麼呢，為何神情如此惆悵憂鬱？

正想出聲招呼的宮成茜，赫然又見到讓她更為之一震的畫面。

她摀著差點叫出聲的嘴巴，難以置信地睜大雙眼看著前頭的繪里奈。

不會吧？

她有沒有看錯——

「平平平……平的！」

宮成茜還是忍不住發出了聲音。

為什麼——為什麼繪里奈的胸部完全是一片平坦啊！

而、而且還衣不蔽體地敞開胸膛給人看，都露點了啊啊啊！

「怎麼會！」

宮成茜太過震驚，震驚到幾乎都忘了自己是處於偷看的立場。

「誰！」

前方人影突然轉頭，那音色瞬間再度震懾了宮成茜。

宮成茜狠狠地倒抽一口氣，顧不得被發現，腦海裡只有一個念頭：繪里奈的聲音也太磁性低沉了吧！

「……小茜？」

對方見到宮成茜的當下，同樣為之一愣，除此之外，還有一分措手不及的慌亂。

「奈醬？真的……是妳？」

宮成茜眨了眨眼，注視著前頭的繪里奈，愣愣地問道。

繪里奈稍稍別過頭去，像是下意識地想要逃避宮成茜的目光，過了一會才用低沉的嗓音回應：「是，正是我。」

「怎麼會……這聲音……還有那平坦的胸……奈醬……妳……其實是男人？」

儘管宮成茜很不想相信，可是事實擺在眼前，她無法當作什麼都沒看見。

繪里奈狀掙扎地閉上雙眼，深吸了手上的菸一口。

白色煙圈慢慢地往上空飄去後，繪里奈終於回過頭，正色地面向宮成茜：「是的——如妳所見，我其實是個貨真價實的男人。」

面對坦然承認的繪里奈，宮成茜一時間不知該如何回應，她只能微張著嘴，持續訝然與錯愕的神情。

原來繪里奈是男人，還是個男扮女裝的當家花魁！

那麼，她果然是賣藝不賣身的類型？因為一賣身肯定馬上就被識破了啊！

不對，還是說，其實她就是專門負責這種特殊口味的客人？

啊啊啊，都什麼時候了宮成茜妳不要再胡思亂想了啦！

「小茜……妳現在腦袋裡一定很多問題想問吧？」

宮成茜超想馬上回答「廢話！老娘可是被你耍得團團轉耶」，但基於最後的理性，她還是強壓下這股想奪出口的衝動。

「那……可能說來話長，妳想過來坐在我旁邊聽聽嗎？」

雖然起初被撞見也很驚訝，但現在繪里奈已經比宮成茜還要冷靜。

「唔，也是可以……」

總不能知道對方是男人後，態度馬上一百八十度大轉變吧？

宮成茜摸了摸鼻子，走向繪里奈身旁的空位。

「那個……還是一樣叫你……奈醬嗎？」

明明昨晚還與身邊之人一起共眠，宮成茜卻忽然覺得對方好陌生。沒辦法，因為此刻在她眼中的繪里奈就像變了一個人吶。

話說回來，她還真是吃虧耶？

昨晚被繪里奈這樣那樣對待，甚至同枕而眠……根本就是和一個男人共度春宵的程度了啊！

說真的，心裡頭還真有點不好受，這種受騙的感覺，讓她的胸口隱約有股怒氣在燃燒。

「現在……不，只要沒有其他客人的時候，妳都稱呼我為柳生惠吧。」

柳生惠——

宮成茜需要重新適應與調整一下，不管是對方新的名字，還是那與之前截然不同的磁性嗓音。

果然，她先前就覺得奇怪，繪里奈……不，柳生惠的聲音有時聽起來雖然嬌滴滴的，但音調比一般女生低了許多。

原以為只是天生音色的問題，現在謎團都解開了，包含為何會在對方房裡發現男用四角內褲這件事。

難怪當時那個媽媽桑也很奇怪，好像急著把她送進柳生惠的房中，原來就是怕她可能得知繪里奈是男扮女裝這件事！

「咳，柳生惠，雖然這可能涉及到你的隱私，但你也騙了我，你應該願意回答我接下來的問題吧？」

宮成茜話說得有些強硬，但是都到這種地步了，本來柳生惠就該給她交代，且有責任回答她的問題。

柳生惠點頭，「嗯，妳的問題我都會回答，反正也沒什麼好隱藏了。」

「那麼，我第一個問題是，你為何要男扮女裝？」

「嗯，真是不意外的提問。說實在的，如果可以我也不想男扮女裝。」

柳生惠嘴角彎起一抹苦笑，同時將香菸丟到地上，用腳踩了踩。

香菸熄滅，彷彿宣告繪里奈的假面也跟著被拆穿，剩下的……只有殘酷的真相與現實。

「我啊，是地獄的原生居民，不是生前做盡壞事才下地獄的亡魂。」

柳生惠接續說：「雖是原生居民，但地獄裡最不乏的就是沒良心之人，很不幸的我雙親就是——他們在我出生之後就丟棄了我。」

宮成茜本想開口，但柳生惠搶在她前頭道：「妳該不會覺得我很可憐吧？不，收起妳的憐憫，這裡是地獄，這樣的事只是常態。」

「我並沒有那種想法……」

宮成茜搖了搖頭，「我反而覺得這才像是你會有的遭遇。」

聽到宮成茜這麼說，柳生惠似乎有些意外，注視著身旁這名女人的側臉。

「這種說法……我還是第一次聽到。」

「居然是第一次聽到？你身邊的人大概都太無聊了吧。」

宮成茜搖了搖頭，「難道你身邊的人都沒在看電視還是小說嗎？通常淪落到娼館的主角，不是狠心的父母將小孩賣掉，就是孤兒出身被妓院的媽媽桑撿走……啊，我好像說得太過分了……」

毫無自覺的宮成茜洋洋灑灑地說到一半，這才意識到身旁柳生惠的臉色。

「抱、抱歉……」

宮成茜垂下頭來，像做錯事的貓咪低聲道。

「沒事的，我說過，我不需要多餘的同情。」

柳生惠摸了摸宮成茜的頭，「況且，妳只是說出事實，我的確是被雙親賣到吉原樓，其實我本來就要跟妳說了。」

「嗯……」

雖然柳生惠這麼說，宮成茜心裡還是有些過意不去，而且怎會是對方反過來安撫自己？

看來不管柳生惠是男是女，那份溫柔都是出自於真心，至少對待她的時候，不管柳生惠或繪里奈都對她很好。

「就是因為這種背景條件下，我開始在媽媽桑底下工作，起先作點雜事，但身體實在太瘦弱總是無法搬運重物，成了吉原樓的累贅。」

宮成茜觀察柳生惠的手腳，的確纖細得很，也難怪扮成女人時沒有太大違和感……原來是自小身體就不好的緣故？

「媽媽桑不是電視劇裡常見的那種邪惡妓院老闆，媽媽桑她……真的非常善待吉原樓的每一個員工。即使是我，媽媽桑也沒有對我施壓，更沒有任何不良對待。」

「原來這世界上還有這種懷有良心的媽媽桑……只不過竟然是出現在地獄裡，還真有點諷刺感。」

宮成茜點了點頭。

「地獄裡無奇不有，相信這段期間在地獄遊歷的妳，也深有體會吧？」

「這麼說確實沒錯。在地獄的這段日子，改變了我很多對事情的看法與認知。」

宮成茜隨後又道：「那麼，後來呢？」

「後來啊……在這種情況下，我反而覺得很虧欠媽媽桑。畢竟她養我到大，而我卻是個不成才的傢伙，妓院裡也出現其他各種聲音。」

「嗯，我能想像得到，很多小說都有出現這種情節……沒想到還真的又驗證了……」

宮成茜一手托著下巴，轉過頭去喃喃自語。

「豈不是嗎？這般狗血的設定，我也沒想過會發生在自己身上。」

「啊，你聽到了呀？」

宮成茜尷尬地轉回頭，乾笑著道。

「妳這種會在旁邊喃喃自語的習慣可要改改，小茜。」

柳生惠又拍了拍宮成茜的頭。

「唔，囉嗦，是你們不該隨意亂聽別人的話吧。」

宮成茜不改自己的倔強脾氣，鼓起臉頰不甘願地回嘴。

「話說回來，你因為覺得虧欠媽媽桑，於是就想出男扮女裝這件事？」

話鋒一轉，她又拉回原本的話題。

「嗯，我來考考妳這個作家的想像力。我為何想男扮女裝？而在那之後呢？」

「真沒意思，居然反過來問我。好吧，我也不是那麼小氣的作家。基本上，只需要一點點的推敲就能知道全貌了。」

宮成茜嘴角挑起一笑，「你希望能做點什麼回饋媽媽桑，也想解決吉原樓裡的流言蜚語，你最後只想到一個辦法，就是自己也成為媽媽桑的生財工具——變成女人。」

「很好，繼續說。」

柳生惠臉色終於沒那麼沉重，反而還帶點趣味地看著宮成茜。

「雖然起初覺得自己異想天開，但嘗試扮了一下女裝後，意外發現自己原來還挺適合的。」

宮成茜轉向柳生惠，一手捧著自己的臉，就像在演戲一般道：「看著鏡中的自己，啊——沒想到自己原來可以這麼美，完全不輸其他姐姐們。」

這逗趣的模樣把柳生惠逗笑了，他這回稍稍用力地搓了搓她的頭道：「妳學得挺有模有樣的，妳很樂在其中嘛。」

「哎唷！別這麼用力，要是害我禿頭了怎麼辦？美少女作家被人弄禿頭這頭條一出來，看你怎麼賠！」

一邊閃躲柳生惠的手，一邊裝作生氣的樣子，宮成茜開玩笑地回應。

「那我——只好以身相許了。」

毫無預警，柳生惠一把將宮成茜攬入懷中，讓她的臉龐直接貼在他赤裸胸膛上。

「唔！」

宮成茜一時間傻住了，她就算想像力再豐富也沒想到對方竟這麼做。

「然後呢，自覺扮起女裝還頗具姿色，在媽媽桑的同意之下，以主打賣藝不賣身的方式接客。或許是同為男人的緣故，我反而比其他姐姐們更了解與掌握得住客人的心。除此之外，由於我只賣藝，花了很多工夫學習各種表演，慢慢地、一步一步爬上今天當家花魁的地位。」

柳生惠的故事說到一個段落，但他抱住宮成茜的手仍未放開。

「我說繪里……柳生惠，既然故事說完了，你還打算抱到什麼時候？」

宮成茜冷冷瞥了對方一眼。

「唉呀，妳說呢？都發現了我的祕密，這點擁抱算不了什麼吧？」

柳生惠笑了笑，顯然沒有要鬆手的意思。

「你這樣是性騷擾哦。」

「性騷擾這種工作我天天都在做，恭喜妳遇見一個專業的。」

不把宮成茜的話當一回事，柳生惠又是笑了笑。

「你啊，不管是什麼性別的樣貌，都很厚顏無恥呢。」

「我就當作是稱讚了，小茜。」

柳生惠刻意提高了音調，變回之前的「繪里奈」聲音。

「你啊！」

雖然很想知道柳生惠究竟怎麼練就這種變聲能力，但現在不是問這個的時候，她更想掙脫對方懷抱。

就在這時，後花園突然闖入另一道身影，撞見了宮成茜和柳生惠擁抱的畫面。

「這座花園還挺漂亮的嘛，沒想到吉原樓裡還有這種地方……啊！」

這名不速之客先是一愣，隨後指著宮成茜與柳生惠大叫一聲。

「這這這……這是什麼！奈醬跟宮成茜？」

一臉驚駭之人不是別人，正是姚崇淵。

「這……這是什麼……」

「那、那個姚崇淵，你聽我解釋！」

宮成茜還沒說完，姚崇淵便雙手抱頭發出咆哮：「禁忌的百合新世界大門啊啊啊——」

宮成茜很肯定，這個笨蛋天師絕對誤會了什麼。

第六章

山雨欲來

Tuning Demon Project

阿斯莫德回來了。

原本應該是眾人連番詢問的對象，卻因為某件事曝光，導致大家的注意力都集中在宮成茜身上……不對，嚴格來說是「繪里奈」身上。

只不過現在當事者「繪里奈」本人已經忙著去裝扮，準備上工，所以其他人能發問的對象只剩下宮成茜。

「妳說什麼？奈醬是男男男……男的！這怎麼可能！」

姚崇淵發出不敢置信的尖叫，捧著臉的模樣活像孟克的經典名畫《吶喊》。

「拜託你不要像個少女一樣尖叫好嗎？」

宮成茜翻了個白眼。

「茜，等一下，為何妳會知道這件事？根據又是什麼？」

月森的表現沒有姚崇淵那麼誇張，俊美的臉孔上卻也少不了震驚。

「事情說來話長……」

宮成茜心想如果真要說個明白，加上姚崇淵又很會問東問西，肯定會花上不少時間。

與其花時間解釋這些無關緊要的事，她更想趕快從阿斯莫德口中得知最新狀況，那才是最迫切的事啊！

「你們，別再給成茜壓力了，沒看到成茜的心思根本不在這上頭嗎？」

終於——

有明智的勇者替她說話了！

感恩伊利斯大人，讚嘆伊利斯大人！

「嘖，就會趁機討好宮成茜……」

姚崇淵沒好氣地看了伊利斯一眼，眉頭一挑。

月森則是立刻握住宮成茜的手道：「茜，抱歉，我沒注意到。」

「月森哥，你沒必要這樣抓住我的手……」

只會讓她覺得是在趁機在吃豆腐——當然宮成茜沒將這句話說出口。

「哼，又是一個找名義偷吃人家豆腐的男人。」

姚崇淵不以為然地冷哼一聲，雙手抱胸別過頭去。

「總之，阿斯莫德，現在的情況怎麼樣？」

魔。

宮成茜不想理會姚崇淵，直接轉頭問向打從剛才回來，就沒有開過口的紅髮惡魔。

「我大致上了解我那胞兄在此駐軍的數量與狀況，當然也包含明確的地點。」

阿斯莫德面色有些凝重。

眼看阿斯莫德如此神色，宮成茜也不是太意外。

隨後在阿斯莫德的建議下，大夥向吉原樓借了一間空房，鎖上房門確認四周無人竊聽後，大家便坐下來聆聽阿斯莫德接下來要說的話。

「我的胞兄，別西卜，前陣子加強了在地獄第八圈的駐軍人數，但奇怪的是，他最近將第八圈的軍隊一支支地派去其他地方。那些人究竟去了哪裡，我還不得而知，至少打聽下來的結果沒人知曉。」

眾人入座後，阿斯莫德面色沉重地道。

「沒人知道？一支軍隊的人數不少，怎麼可能就這樣人間蒸發？啊不對，應該說是地獄蒸發才是……」

宮成茜馬上提出自己的疑問。

「這點我之後會再查清，因為就目前狀況來看，確實沒人知道那些被派遣出去的軍隊到了何處。」

「既然你都這樣說了，看來也只能先把這件事擺在一旁……對了，那麼至少清楚第八圈軍隊的駐軍位置吧？」

宮成茜眼簾低垂，接著像是突然想到什麼，又抬起頭來問。

「這點倒是很清楚，而這也是我此趟回來應該對妳來說最有用的情報。」

「哦？聽起來滿有意思的，這話怎講？」

宮成茜眉頭一挑，頗有興趣。

「各位，聽好了……」

阿斯莫德壓低嗓音，將大夥的好奇心拉到最高點。

當所有人都屏息以待，等著惡魔說出答案時，阿斯莫德那雙好看的嘴唇微微一動。

「剛好就在——我們必須經過的地方，通往地獄第九圈的出入口附近。」

「哪泥！這麼湊巧？該死的別西卜！」

宮成茜一聽馬上爆炸似地大聲叫道，雙眼睜得又圓又大。

一旁的月森馬上安撫道：「茜，形象啊形象，注意一下。」

「形象這種東西我從來沒有過啦！」

宮成茜果斷地向月森這麼說後，隨即站起來對阿斯莫德道：「你講得這麼神祕害我以為是什麼好消息，結果根本是最糟糕的壞消息啊！這樣我們要如何前往地獄第九圈？不就一定會跟別西卜的人馬槓上嗎！」

「成茜，冷靜下來，妳這樣吼也無濟於事。」

伊利斯勸道，同時伸出手試著拉她坐下。

「我當然知道無濟於事，但是……」

宮成茜當然明白伊利斯的意思，可是之前的經驗實在太糟糕，只要一想到別西卜當初怎麼對待自己，她就無法平靜面對關於他的所有事。

正所謂一朝被蛇咬，十年怕草繩吧！

別西卜這個人……不，這名貨真價實的惡魔，就是她宮成茜最怕的對象！

「成茜，我明白妳的擔心，但還是聽完阿斯莫德的話再來想辦法如何？」

伊利斯雖然總是板著面無表情的撲克臉，但宮成茜能從他的語氣裡，聽出對方其實很想好好溫柔地安撫她。

「唔……」

被伊利斯這麼一說，她的確有稍微冷靜下來，只是對於別西卜的恐懼仍沒消失。

「平常都說我孩子氣，現在是誰比較孩子氣啊？如果想要反駁我，就給我冷靜下來好好聽話。」

姚崇淵雙手抱胸，端正坐姿地對著宮成茜說道。

「居然被你這樣的人說教……我明白了……」

深吸了一口氣，宮成茜大致上已經將激動的情緒壓制下來。月森哥和伊利斯就算了，她怎能讓姚崇淵都對自己說教？

雖然，其實她能夠理解對方的用意……顯然是想用激將法刺激她。

挺用心良苦的嘛……儘管那張嘴巴總是講出一些不中聽的話，然而確實有起了效果，她就不計較了。

「那麼……既然別西卜的軍隊駐紮在第九圈入口處附近，阿斯莫德，你有任何解決方案嗎？」

宮成茜用明顯平緩許多的口吻問。

「關於這點，我早就想過了。身為妳的責任編輯，我確實該替妳的安危著想，當然也要協助妳抵達地獄最底層，完成地獄遊記輕小說。」

「所以呢？別把這種責任的話掛在嘴邊啦，很不適合你的身分耶。」

宮成茜眉頭微蹙，吐槽阿斯莫德。

「呵，還真是不領情的女人啊，本來想藉此讓妳替我加分一些的。」

「很抱歉並沒有，讓你失望了吧。」

聳了聳肩，宮成茜這般回應阿斯莫德，「你就正經一點地把解決的辦法說出來吧。」

「好吧。是這樣的，雖然我能夠以一擋百，但要處理掉一整個軍隊也是有難度，況且日後很可能還要跟我那胞兄決一死戰，我必須保持體力跟實力才行。」

阿斯莫德接續說：「因此，直接對戰這個方法已經被踢出名單，我便又想了另一個方案。」

「另一個方案？」

宮成茜納悶地問道。

「另一個方案就是……由我當餌，將軍隊引走之後你們再快點進入第九圈。」

阿斯莫德的提議頓時讓眾人臉色一沉。

宮成茜馬上跳出來回應：「由你當餌？這怎麼可以！你的處境不就很危險嗎！」

就算她再怎麼想抵達地獄第九圈，也做不到這種讓同伴犧牲的事情！

對，也許阿斯莫德能以一擋百，可是就連用膝蓋想都知道，即使如此仍是危險得很！

要是阿斯莫德因此有個萬一，她會自責一輩子！

「當然危險，可是我是妳的責任編輯，本來就該有義務協助妳完成取材的工作。另一方面，這件事只有我能做到。別西卜的軍隊本來就是針對我，如果換成其他人去當誘餌，肯定沒有這樣的效果，軍隊一定不為所動，你們也就進不了入口。」

「唔，這麼說是沒錯，可是我怎能眼睜睜看你一個人……」

阿斯莫德如此認真，宮成茜反而更加擔心。她不是不信任阿斯莫德的能力，而是心中實在過意不去。

「茜，如果不這麼做，恐怕也別無他法了吧？我認為阿斯莫德說的有道理。」

月森對著宮成茜說出自己的看法。

「我和月森想的一樣，而我也相信阿斯莫德不是那麼容易解決的人物，以一個多年朋友的觀察，我可以這麼認定。」

伊利斯開口應和，同時肯定地點了點頭。

「可是我……」

月森和伊利斯接二連三地試圖說服她，宮成茜有些動搖了。她心想，被這麼一說，是不是顯得她好像不相信阿斯莫德、懷疑阿斯莫德的能力？

就在宮成茜猶豫不決時，從剛剛就沒有出聲的人，某名天師，打破了沉默。

「除此之外……我想還有一個提議可以參考看看。」

「姚崇淵，你有什麼提議？」

坦白說，宮成茜不太相信姚崇淵能提出多好的方法，甚至懷疑這傢伙應該是來亂的……從過去的經驗判斷。

「我的提議是……不如我們直接用最快的速度飛行過去如何？」

「哈啊？等等，這是什麼意思？我們這次可沒有像格利鴻這樣的專車可以搭過去哦。」

宮成茜既困惑又訝異地回應。

「的確沒有格利鴻，但我們可以自己找一隻格利鴻……不，甚至比牠更可靠的坐騎。」

「更可靠的坐騎？姚崇淵，你知道自己在說什麼嗎？一下子去哪找這種東西？」

「哼，我當然清楚自己在說什麼，妳當本天師是誰啊？」

姚崇淵沒好氣地哼了一聲。

「茜，妳就聽看看姚崇淵想說什麼吧，妳不是很不希望讓阿斯莫德冒險嗎？或許，姚崇淵真有別的可行辦法。」

月森勸道。

「好吧，那你說說看，如果只是來鬧的話我會痛打你一頓哦。」

「真是粗暴的女人……我要說的是，還記得之前我曾跟妳提過，我來到地獄的理由嗎？」

「好像隱約記得，但你還是再跟我們說一遍吧，就算我記得，其他人也不知道啊。」

宮成茜聳了聳肩道。

「那麼，我來到地獄的目的，其實是為了達成老爹給的任務。他要我將某頭怪物納為自己的式神，完成這項任務我才能正式接班。」

姚崇淵接續說：「而那頭怪物只有地獄裡才有，牠的名字你們或多或少有聽過，叫作——比希魔斯。」

「摩斯漢堡？」

「是比希魔斯！」

姚崇淵當下真想狠狠揍宮成茜一拳，到底是怎麼聽的才能錯得這麼離譜啊！

「奇怪的名字。決定了，就改叫摩斯漢堡。」

「妳這樣會有廣告嫌疑啦！」

姚崇淵馬上吐槽回去。

「欸，這倒也是，那……就叫漢堡？怎樣，漢堡就沒有嫌疑了吧？」

宮成茜一臉認真地問道。

「完全不是這個問題好嗎……」

真不知道該如何阻止宮成茜的腦袋了，看她如此堅決，姚天師也只能嘆一口氣道：「算了，隨妳怎麼叫。」

「漢堡……我是說比希魔斯，可是有地獄巨獸之稱，傳聞體型龐大，身上的鱗片硬如鎧甲，更能夠高速飛行……等等，你指的是這個？」

阿斯莫德馬上意會到姚崇淵的意圖。

「還是地獄四天王阿斯莫德比較敏銳啊！沒錯，我就是要將那傢伙收服，命令牠帶我們直接飛進第九圈的入口！」

姚崇淵說得充滿自信。

伊利斯馬上潑了他一桶冷水，「你話別說得太滿，漢堡……不，比希魔斯豈是這麼容易就能收服？況且你還只是個靈魂出竅到地獄來的人類。」

「就算只是個靈魂出竅的人類又如何？本天師有信心，一定會收服比希魔斯！」

不管伊利斯怎麼說，姚崇淵用力地拍了拍胸脯，堅定地宣告。

「你到底是哪來的勇氣？梁靜茹給的嗎？」

宮成茜忍不住吐槽。有時候真覺得，這股莫名的勇氣大概是姚崇淵唯一的優點……但搞不好也是致命的死穴。

「那是什麼吐槽，妳是上網學來的梗吧……總之，我有信心——本天師一定會將漢堡……不對！比希魔斯收服，然後靠著牠飛行與極高防禦力的優勢，帶領你們直飛第九圈入口！」

姚崇淵想過了，比希魔斯的高速飛行可以迅速有效地直闖入口。在空中的話，地面上的別西卜大軍要攻擊就至少有一定難度，就算他們真能攻擊，比希魔斯一方面飛得很快，另一方面還有堅硬的鱗片可以抵擋。

在理論上，這個計畫應該行得通，但前提是要先將漢堡……比希魔斯收服，就算再困難都要做到！

因為這就是他來到地獄的目的，能否成為讓老爹認可的天師！

只是……為啥連他也被宮成茜那女人所影響啊？

漢堡什麼的一直口誤真是太糟糕了！

「嗯……」

阿斯莫德陷入沉思的狀態，其他人也跟著低頭思索這個方案的可行性。

最後，現場的沉默由阿斯莫德打破。

「我明白了……若真能收服比希魔斯成為聽令於你的式神，那後續的動作的確可行，而且應該比我去當誘餌更有效率。」

「阿斯莫德都這麼說了……身為他朋友的我，也有同樣的想法。」

伊利斯跟在阿斯莫德後頭應和道。

「我也認為這比阿斯莫德一開始提的建議好。茜，妳怎麼想呢？」

月森一手托著下巴，抬起眼看向宮成茜。

「怎麼把問題丟給我決定？就不怕由我決定後結果很慘？」

看著大家集中在自己身上的目光，宮成茜有些意外。

不知從何時開始，他們這群人的方向，好像都由她在決定。雖然這的確讓她感到備受重視，但她一直搞不懂為何大家會這麼做？

也沒聽說他們有達成什麼共同協定啊！

「成茜，都過這麼久了，妳才注意到這點嗎？」

伊利斯似乎有些意外。

「我也是現在才意識到嘛……」

有些不好意思地別過頭去，宮成茜的音量稍稍減小。

「茜，那是因為啊……」

月森欲言又止的同時，宮成茜看到眼前這四人突然朝自己靠近，一張張各有特色的俊美臉孔逼近。

「妳是我們——最疼愛且必須好好守護的唯一人選呀。」

月森將這句回答吐露而出之際，宮成茜不只感受到月森一人溫柔的眼神注目，阿斯莫德、伊利斯和姚崇淵，彷彿說好的一樣，皆難得地對她投以同樣的柔情目光。

「你們……這麼寵我可不是件好事……」

宮成茜嘴巴上這麼說，但望著大家的眼神，同樣溫柔且帶著感動的情緒在其中。

有時候她真心覺得，這些開在地獄裡的桃花，不，是彼岸花們，其實是累積不知幾世才有的福分吧。

「那麼，我再問一次，茜，妳的決定是什麼？」

月森再次躬敬地向宮成茜詢問最後定案。

「我的決定，就是選擇B方案——去將漢堡收為己有吧，姚天師！」

轉過頭面向姚崇淵，宮成茜豎起了大拇指，用宏亮的嗓音說出了決定。

「……嗯！」

宮成茜對自己這般有信心，姚崇淵先是一愣，眼底浮現了薄薄的水光……當然他不可能在眾人面前流下淚來，絕無可能。

但是，真是難以言喻，能得到宮成茜的支持與選擇，對他而言竟是意外地感動。

「好，那現在我們就即刻起程把漢堡……不對！把比希魔斯帶回來吧！」

姚崇淵握緊拳頭，眼底發出燦燦光芒，充滿精神與鬥志。

「我其實滿喜歡鮭魚堡的。」

「咦?原來茜喜歡鮭魚堡啊？可惜……我個人比較偏愛米漢堡。」

月森回應宮成茜之後，伊利斯也跟著參一腳。

「成茜，下次可以考慮吃吃看雞腿堡，肉很鮮甜多汁不會柴。」

「錯錯錯，伊利斯啊，牛肉堡才是王道。」

阿斯莫德馬上搖了搖頭反駁道。

「我說你們……」

一群人接二連三地討論著什麼口味的漢堡比較好吃後，姚天師終於受夠了。

「不要在我熱血沸騰的時候講什麼漢堡啦！」

爆發的姚天師，雙拳緊握，強忍著想要揍暈眼前這群人的衝動。

第七章

巨獸？萌獸？傻傻分不清

Tuning Demon Project

「各位，一定要平安哦，之後還想再請你們來吉原樓呢。」

站在吉原樓的門口前，一身華美和服打扮，臉上端著綺麗笑容，揮手向宮成茜一行人送別之人，正是女裝版本的「繪里奈」。

看著眼前的繪里奈，眾人至今仍感到不可思議，對姚崇淵來說更是難以接受的事實。

「嗚嗚……為什麼我的奈醬是男人……怎麼可以……這真是天殺的錯誤啊啊啊……」

姚崇淵哀怨無比，垮著一張臉不停哀號。

「剛剛到底是誰說在熱血沸騰的？現在怎麼一臉垂死樣？」

宮成茜冷冷白了他一眼，一逮到機會就吐槽。

「少囉嗦，妳這白目女不懂少男心破碎的感覺。」

「少男心？你確定不是玻璃心？而且還是那種粗製濫造，超容易碎滿地還無法拼湊回去的玻璃哦。」

宮成茜毫不客氣地繼續對姚崇淵冷嘲熱諷。

「哈啊？妳想吵架還是打架是不是啊！臭女人！」

姚崇淵氣得跳腳。

「哎呀哎呀，兩位的感情還真好呢，看得我好羨慕吶，小茜跟小淵。」

「哪裡感情好了！」

宮成茜與姚崇淵異口同聲反駁。

「呵呵，這麼有默契，還說感情不好。」

一點也不畏懼兩人的大聲駁斥，繪里奈仍是堆滿笑容，一手捧著臉頰道。

「好了，不是你要去收服漢堡的嗎？別浪費時間吵鬧了。」

伊利斯從姚崇淵的背後揪住他，一手就將某天師拎起來，強制性地帶離現場。

在姚崇淵不斷掙扎踢腳的同時，月森也像是分工合作般，負責將宮成茜帶走，只留下阿斯莫德和繪里奈兩人在門前敘舊。

「小莫，這次難得見上一面，卻沒有好好聊個盡興，實在有些可惜啊。」

繪里奈將散在額前的青絲往耳後一撥，彷彿只要變成了「繪里奈」的身分，舉手投足都會自然而然地散發出一股柔美的女性氣息。

「抱歉，惠，若之後我能安然無事地回來，再來找你把酒言歡。」

和其他人對繪里奈的稱呼不同，阿斯莫德對繪里奈喊著一個單名「惠」字，這一字的發音可以是繪里奈的繪，也可以是另一個不為人知的……柳生惠的惠。

兩人就這麼站在吉原樓的門前，小聊了一下，宮成茜總覺得他們給人一種似乎認識很久的感覺。起初她還一度認為阿斯莫德跟繪里奈有所曖昧，或者是恩客關係……

但現在看來，顯然完全不是那樣，而是更像……那種純粹的友誼。

至於阿斯莫德到底把繪里奈當成女生或者男性，她就不得而知了。

那兩人聊了一會後，這才依依不捨地彼此道別，好吧，這種時候看來又覺得有些曖昧了。

眾人回頭向繪里奈揮了揮手，這次是真的得離開了。

宮成茜心想，待在吉原樓的這兩天，對所有人而言都是很特別的回憶吧？

繪里奈……不，柳生惠，雖然只是她地獄行中的一個過客，但也是個精彩的經驗，還多虧了這個人，她才大概掌握到如何撰寫調情戲碼……

唔，沒事還是別回想起當初的「學習過程」好了，怪難為情的，那時還誤以為繪里奈是女生，現在想想根本就是被男人……

「茜，妳還好嗎?怎麼臉紅得跟番茄一樣？」

月森好奇地問。

宮成茜趕緊搖搖頭，「一定是天氣太熱的關係。」

「可是茜，今天明明大家都穿長袖啊……」

「月森哥，你知道嗎?問題太多又太聰明的男人，有時是會惹女性討厭的哦。」

「對不起，茜，我立刻閉嘴。」

月森馬上做出替嘴巴拉上拉鍊的手勢，再也沒有多說下去。

「視時務為英雄啊，月森哥。」

宮成茜滿意地拍了拍月森的肩膀。

不過好在經由月森哥這麼一問，她倒是清理掉那些不該回想的畫面片段了。

「喂喂，後面那兩個，別再交頭接耳了，知道我們現在要前往何方嗎？」

走在前頭的姚崇淵轉過身來，對著宮成茜和月森喊話。

「不就是要去找漢堡？」

「還找漢堡咧，虧妳說得出口。」

姚崇淵當場翻了個白眼，「是找比希魔斯！現在，我們要往北方前去，等收服比希魔斯之後，再搭乘牠掉頭回去南方的第九圈入口！」

「北方……說得還真含糊，我們就這樣徒步而去？」

宮成茜撓了撓自己的後腦勺，困惑地問。

「其實，徒步前往的確比較適合。」

姚崇淵開口回答前，阿斯莫德先行回應宮成茜，「據我所知，最近一次有人目睹比希魔斯的地點，就在吉原樓的後山之中。」

「咦？有這回事？」

「嗯，我剛剛就是在問惠這件事情，他跟我提到，吉原樓內的姐妹們，之前到後山休憩的時後曾經目睹到。」

阿斯莫德接續說：「不過由於當時她們太害怕，並沒有詳細地記下目擊地點，因此我們必須碰點運氣在那座山中搜查了。」

「原來你剛剛不只是在敘舊而已啊……我還以為你們離情依依呢……」

宮成茜聽完阿斯莫德的說明後，才轉變自己不久前所判定的結論。

「另一方面，那座山離我們目前所在位置不遠，加之要走山路，不是什麼已開發的區域，想要搭乘其他交通工具前往也是阻礙重重。」

阿斯莫德像是沒聽到方才宮成茜說的話，認真地繼續說明下去。

「我明白了，所以我們就是得用走的上山去找漢堡對吧。」

宮成茜雙手抱胸，平淡地回應。

雖然要徒步前往她有那麼一點不願意，然而她也曉得，這似乎也是最好且唯一的辦法了。

「別把找尋地獄巨獸說得好像去吃速食一樣簡單……」

姚崇淵總是無法理解，為何宮成茜總能把事情簡化得好像一點也不危險？

確認了行程，一夥人就在阿斯莫德與姚崇淵的帶領下，一步步往吉原樓的後山前進。

一路上，周遭景色從繁華的紅燈區，慢慢地切換成人煙稀少、樹叢多過人跡的畫面，這一趟找尋地獄巨獸的前半段路程，至少對宮成茜而言比預期中輕鬆。

但是她也明白，這僅僅是開端，或許就像暴風雨的前夕，給人一種寧靜的假象。

真正進入到山中，宮成茜開始感覺到四周的氣氛有所不同……明明和山下的紅燈區距離不了多遠，這種讓她感到陰冷的氣息是怎麼回事？

除此之外，還有一種說不出來的不祥感……宮成茜不禁雙手抱著自己的手臂，用力地搓了搓。

「這裡的空氣好像比較冷？」

入山之後就連天色都變得暗沉，周圍都是高聳入天的樹木，蓊綠的枝葉交錯，遮蔽了陽光。

舉目所及的環境，讓人有種彷彿這世界只有一片綠的錯覺，宮成茜難以想像，在這種地方會有姚崇淵要收服的地獄巨獸。

傳說中的地獄巨獸比希魔斯，到底會是什麼模樣呢？

這名稱給人一種很凶悍、碩大，難以制伏的壓迫感，在宮成茜的想像之中，應當是有著血盆大口、大嘴一張就能吞掉好幾人的怪物。

硬要說的話，大概是五顆星滿等高難度難抓的怪物。

想到這，宮成茜就不禁緊張起來，每走一步，步伐就越來越沉重。

「那頭怪物會在哪裡呢……」

左顧右盼，宮成茜就怕自己第一時間錯過了比希魔斯。

「噓，小聲點，要是驚動牠就麻煩了。」

旁邊的姚崇淵馬上做出噓聲手勢，緊張地皺著眉頭。

「我小聲點就是了……是說，姚天師啊，你說要收服牠，那你做好準備了沒啊？比如你有想過怎麼收服牠嗎？」

宮成茜壓低音量，好奇地問向身旁的某天師。

依她所想，應該免不了要來場激烈的大戰吧？

雖然很有挑戰性，但她宮成茜也會全力以赴幫忙收服的！

「欸……我完全沒思考這個問題。」

「哈啊？」

宮成茜以為自己聽錯了。

姚崇淵這樣的回答對嗎？他們可是已經身處在有地獄巨獸的深山之中了耶！

「你該不會以為像寶○夢一樣拿個寶貝球就能收服吧？都到這個節骨眼了，你竟然什麼都沒想？」

一手扶著額頭，宮成茜真的不知該怎麼說，她會不會是來送死的啊？可能充當地獄巨獸比希魔斯的下午茶之類的。

「你當我是寶●夢大師小智嗎？怎麼可能隨隨便便收服一頭巨獸啊！如果這麼簡單，我還需要拖到現在才來處理這個目標嗎？」

姚崇淵一手扠腰，無奈地道。

「這倒也是，但你至少該想一下怎麼應付吧？或者你曉得比希魔斯長什麼模樣嗎？」

宮成茜爬坡，微微喘氣地問。

要不是知道這趟旅程是為了找比希魔斯，她都要錯以為自己是來登山健行了，好久沒有像這樣爬山，身體果然有些難以負擔吶。

「我已經在想辦法了啦！只是……」

「只是？」

宮成茜不放心地反問。

「只是……咳，這個嘛……」

姚崇淵支支吾吾地說不上話，宮成茜大抵知道這傢伙是怎麼回事了。

這次換她一手扠腰質問：「你該不會想說，其實你壓根不知道比希魔斯長什麼德性吧？」

「哎呀，真不愧是知我者宮成茜，還真懂我呢！」

姚崇淵吐了吐舌頭，一臉裝傻地笑道。

「什麼知我者！你這傢伙是欠揍吧！」

馬上先給姚崇淵一記鐵拳制裁，宮成茜生氣地吼。

「安靜點，這附近有其他聲音！」

就在宮成茜與姚崇淵兩人的吵架正準備持續下去，一旁的阿斯莫德直接強硬出聲打斷。

「你們沒聽到聲音嗎？」

伊利斯壓低嗓音問道。

「聲音？什麼聲音？我怎麼都沒聽到……」

宮成茜眉頭蹙起，一臉納悶，難道是人類聽不到的特殊音頻嗎？

「該不會是人耳聽不到，只有惡魔才聽得到的那種吧？」

「不，不對，因為連我好像也聽到……阿斯莫德跟伊利斯所說的奇怪聲音了。」

姚崇淵跟著露出嚴肅的神情。

「怎麼連你都聽到了，我卻沒聽見……這其中一定有什麼誤會。」

宮成茜鼓起臉頰，不甘願地回應。

「茜，妳再仔細聽。」

月森輕輕地拍了拍宮成茜的肩膀。

宮成茜心中不免有些困惑，姑且不論那聲音是什麼，比希魔斯不是號稱地獄巨獸嗎？

如此龐大的怪物，再怎樣都不會發出這麼細小的聲音吧？

雖然心有疑惑，但她沒再多提，而是專心地在聆聽這件事上。隨著緩步前進，一邊認真聆聽，宮成茜終於聽到了所謂「怪異的聲音」。

「啾啾……」

啾啾？

宮成茜腦海裡第一個跳出來的念頭，就是懷疑自己是不是聽錯了？

或許自己聽到的聲音……跟阿斯莫德他們聽到的不同？

應該是「吼——」又或者是「嘶——」之類的，偏向可怕駭人一點的聲音才對。

那個聽起來像小麻雀還是某種可愛動物的聲音……她絕對是聽錯了！

「妳還是沒聽到嗎？」

姚崇淵眉頭微挑，小聲地問宮成茜。

「嗯，我確信我沒有聽到。」

她才不會說自己聽到了可疑的「啾啾」聲，要是說出來肯定會被其他人笑死！

「真是怪了……不過，我相信比希魔斯就在附近了。」

姚崇淵嚥下一口口水，神情似乎變得更加嚴肅。

宮成茜一頭霧水，她一點也不覺得傳說中的地獄巨獸就在這一帶，因為照常理來說，那麼龐大的怪物若在附近，應該現在就能看到個端倪。

就在這時，阿斯莫德突然加快了腳步，往斜前方的位置直奔過去，而姚崇淵也同樣用最快的速度跟上。

「發、發生什麼事了？」

宮成茜一臉茫然，眼看阿斯莫德與姚崇淵都拔腿狂奔，她一時間不想緊張都緊張起來了。

「看來他們發現了比希魔斯的蹤影，茜，我們也快點跟上！」

月森直接牽起宮成茜的手，拉著她一起往阿斯莫德等人的方向跑。

「啥？在哪裡啊，我怎麼都沒看到？」

宮成茜只感覺到月森握住自己的力道，有些過大使得她感到一點疼痛，可見月森正處於非常急切的狀態。

雖然心裡有很多疑問，但基於現狀，她還是快快跟著大家一探究竟。

就在她準備湊上前一瞧，跑到一半時最前頭的姚崇淵竟然往後手一攤，緊急命令他們停下所有動作。

當下，宮成茜只得配合地暫停行動，心想難道真的見到了傳說中巨獸比希魔斯？

可是，到目前為止她仍然沒看到任何異物，就連本來頻頻出現的「啾啾」聲也消失了。

宮成茜心跳加速，努力不讓自己發出聲音，但粗重急促的呼吸聲聽起來仍有些吵雜，只因四周都安靜得宛如隔絕外界一樣，哪怕是一點點聲音都會被放大。

到底會見到什麼呢……

地獄巨獸比希魔斯的真面目即將揭曉了嗎？

接下來，肯定要和這頭怪物展開一場大戰吧？

做好心理準備，宮成茜一手空了出來，要是遇到突發狀況隨時都可召喚出「破壞F4紅外線」。

怦咚。

怦咚。

彷彿萬籟俱寂，一切都在無聲之中進行，所有人的警戒、拉長時間的焦慮等待，以及可能一觸即發的戰鬥……種種因素，像把人們悶在高壓鍋裡烹煮般，那樣充滿壓力。

此時，姚崇淵手勢一下的剎那，他和阿斯莫德同時往前撲去！

「喂喂！究竟怎麼樣了啊！」

再也忍不住，宮成茜大聲詢問，但在這時前頭的阿斯莫德與姚崇淵卻疑似撲了個空，尤其姚崇淵一臉心有不甘的神情咬著牙根碎唸了一頓。

宮成茜真是霧裡看花，方才到底發生了什麼？

「可惡，讓牠跑掉了！」

姚崇淵氣憤地握緊拳頭，雙眼則繼續不死心地查看四周。

「真是差一點啊……差點就能將牠逮個正著了……」

阿斯莫德一手扶著額頭，同樣無奈地嘆口氣。

「阿斯莫德……你盡力了，那傢伙實在太難抓。」

站在阿斯莫德背後的伊利斯，拍了拍好友的肩膀。

「你們，為什麼沒人願意回答我的問題？」

宮成茜的脾氣都毛躁起來，這種被人無視的感覺真是太惱火了。

「因為妳一直在狀況外，剛剛又忙著進行抓捕，就沒時間回應妳的問題啦！」

姚崇淵回過頭來，對著宮成茜聳了聳肩，兩手一攤。

「我狀況外？等等，是你們才奇怪吧！壓根就沒有比希魔斯的蹤跡，連根毛都沒看到，你們到底在緊張什麼？」

宮成茜一鼓作氣地把問題都丟了出來，被姚崇淵這麼一說她反而覺得有些冤枉。

「緊張什麼？當然是因為比希魔斯出現了啊！不快點把牠抓住要等到何時？」

姚崇淵同樣不解，只是他和宮成茜不懂的地方不同，他是在困惑為何宮成茜會提出這樣的蠢問題。

「什麼？比希魔斯出現了？你、你是說剛剛嗎！」

宮成茜吃驚地睜大雙眼，「可是我明明什麼也沒看到！」

「沒看到很正常，我們若沒仔細看也沒發覺到牠明確的位置……」

伊利斯正要把話說下去，宮成茜立刻打斷。

「太奇怪了！太奇怪了！」

「哈啊？妳大聲嚷嚷什麼啊？」

姚崇淵歪著頭，不解地看著宮成茜。

「當然奇怪啊！明明是地獄巨獸，不是很顯而易見嗎？為何沒仔細看還無法察覺到對方存在！」

這次，宮成茜終於把想說的話表達得很完整。

這次，姚崇淵等人也終於明白宮成茜為何狀況外的原因。

「原來是這麼回事……我懂妳的意思了。」

姚崇淵握起拳頭敲在自己另一隻手掌中，一副恍然明瞭的模樣。

「嗯，會這麼想也不怪妳。」

阿斯莫德點了點頭，一手托著下巴。

「你們這是什麼情況？到底懂我什麼？」

又來了。

這群人為何總是要拐彎抹角，不能直接跟她說明呢？害她困惑得不得了。

「宮成茜，本天師看妳可憐，就跟妳開示一下吧，不用太感謝我，供品就免了。」

「你要說就趕快說，不要拖時間。」

看著姚崇淵一臉得意的模樣，宮成茜沒好氣地催促。

「真是的，就不能讓我說嘴一下嗎……宮成茜，妳以為比希魔斯就是要長得很巨大對嗎？」

「不然呢？若非如此牠何必有這種稱號？」

宮成茜一臉狐疑地盯著姚崇淵反問。

「不要太拘泥這個稱號啊，因為實際上……比希魔斯還有另一個傳說。」

「另一個傳說？」

這下宮成茜越聽越納悶了，歪著頭看向姚崇淵。

「其實就是——」

姚崇淵說到一半，突然像是定格一樣，睜大雙眼直直地瞪著宮成茜。

「嗯？怎麼不把話說完？」

宮成茜仍是一臉困惑。

姚崇淵出乎意外沒有出聲回話，而是愣愣地舉起手來，指著宮成茜，訝然地張著嘴巴。

正想將「到底怎麼了」這句話問出口，宮成茜發現其他人的表情，竟和姚崇淵如出一轍！

這下意識到事情可能比自己想得嚴重，宮成茜也不敢出聲，而是戰戰兢兢地慢慢轉頭查看……

當下，宮成茜同樣睜大雙眼，狠狠地倒抽一口氣。

為什麼——

她的肩膀上會有一隻白色毛茸茸像球一樣的生物啊啊啊！

「啾啾。」

熟悉的叫聲出現，宮成茜心想原來剛剛她不是錯覺，是這傢伙在叫！

雖然有點可愛，白色毛球般的身軀跟藍色圓滾滾大眼睛的確是滿討喜的，但宮成茜仍想要甩掉對方，畢竟她壓根不曉得這生物會不會對自己有害。

她正想要動一下肩膀，前頭的姚崇淵與阿斯莫德竟難得異口同聲地大喊：

「不要動！」

「欸？」

宮成茜一時間傻住了。

然而，那隻待在宮成茜肩膀上的神祕生物顯然被驚動了，立刻跳走。

「啊！牠逃走了！」

姚崇淵驚呼一聲，馬上往宮成茜所在的位置衝了過來。

「大夥快幫忙抓住牠啊！」

一邊請求支援，姚崇淵一邊忙著在草叢中找尋。

眼看大家忙著衝上前追捕，唯有宮成茜杵在原地納悶地問：「喂！那顆白色毛球到底是什麼啊？拜託不要跟我說是——」

「就是比希魔斯啊！」

「你、你說那顆白色毛球就是……地獄巨獸……比希魔斯？」

宮成茜的聲音微微顫抖，露出了難以置信的神情，她腦海中那個巴掌大的……對，只有巴掌大且毫無威脅性可言的白色小毛球——居然就是比希魔斯！

神啊！

蒼天不仁啊！

巴掌大的玩意怎麼可能會是地獄巨獸啊啊啊——

「對！沒錯！就是牠！我剛提到的另一個傳說，指的就是比希魔斯會發出啾啾的聲音……啊啊！到底要跟妳講幾遍？還不快點過來幫忙抓！」

姚崇淵回過頭來對著宮成茜怒吼，接著又慌忙地進行抓捕行動，連同阿斯莫德、月森和伊利斯等人一起忙得天翻地覆。

「這是什麼怪傳說啊！可惡……等這件事情結束之後，你們一定要給我好好解釋清楚！」

大家都忙著抓捕比希魔斯，儘管她滿腦子都是疑問，但總不能沒有半點行動。

「老娘也跟那頭白色毛球拚了啦！」

宮成茜挽起袖子，一起迅速地加入抓捕行列之中。

一群人就這麼慌慌張張的在森林中找尋白色毛球的蹤跡，在沒有一個合理的解釋之前，宮成茜絕不承認那傢伙就是傳聞中的地獄巨獸。

她之所以會出手幫忙，純粹只是為了這群與自己出生入死的伙伴而已！

追捕的過程，完全出乎宮成茜的意料之外，她原以為要和地獄巨獸來場打得你死我活的激烈戰鬥，才能將這頭揚名於地獄的巨獸收服。

如果硬要說，現在還比較像是捕狗大隊吧？

什麼熱血戰鬥啊，什麼拚得你死我活啊，都只是她自己的想像而已！

當下，她和其他人快快地在草叢中搜尋白色毛球蹤影，一看到或者聽到不對勁的聲響就要馬上動作，獵物還沒抓到，宮成茜倒是先把自己弄得比獵物還狼狽了。

除此之外，白色毛球跑得比誰都還快，身影忽然出現又轉瞬消失，更在叢林中穿梭跳躍，身手敏捷……宮成茜都懷疑這傢伙根本不該叫地獄巨獸，而是該改名為逃跑神獸！

抓了好久，依然沒有突破困境，就宮成茜的觀點來看，那顆白色毛球根本反過來將他們耍得團團轉。

「這下該怎麼辦才好？一直讓牠逃脫也不是辦法……」

姚崇淵苦惱地搓著雙手。追捕的過程中發生過好幾次差點得手，卻讓目標一溜煙跑走的情況。

「這樣不行……姚崇淵，你得趕快突破這個困境才行。提出這個主意的人是你，必須收服比希魔斯的也是你，能讓一群惡魔跟亡魂還有女人這種組合協助你，已經是用盡你最大的運氣——你可別讓我們失望了。」

阿斯莫德轉過頭，眼神一變，收起原先的無奈，轉而犀利地注視著姚崇淵。

「唔……我當然知道！」

阿斯莫德算是說得很客氣了，姚崇淵也明白，由自己起的頭，無論如何都得克服萬難才行。

可是，現在身為目標的比希魔斯都不見蹤影，他又能如何？

不行……

不能這麼快就放棄……

就算得一日不眠，他也要不停地找比希魔斯，直到抓到牠為止！

「好……我一定會找到牠！」

姚崇淵重新振作，拍了拍自己的兩頰，發出清脆響亮的聲音。

他和其他人一起繼續投入找尋的行動之中，即使身上為了找尋比希魔斯早已沾滿泥土，頭髮也全被汗水黏成一塊塊，手腕與小腿也因為不停在樹叢中穿梭，被刮傷了不少。

那些疼痛，那些流失的血，以及和血水混雜在一塊的汗液，全部附著在姚崇淵的身上。

他沒有喊痛喊停喊累的權利。

只有更加拚命更加努力的條件。

因為不止是他受這些苦，跟著自己一起找尋的伙伴們，也是如此啊！

最後突然一個抬頭，就在這時，姚崇淵赫然在一棵樹上看見心繫的目標比希魔斯！

「我看到了！比希魔斯現在就在那棵樹上！」

雖然語氣很激動，但姚崇淵的音量極低，盡可能地只讓身邊的人們聽見。

「等等，牠的位置很高，而且那棵樹看起來很脆弱，你打算怎麼辦？要不要再等一下？」

宮成茜也看到了目標，但位置相當不利抓捕，馬上就做此判斷對姚崇淵問道。

「茜說的沒錯，你不要衝動。」

就連月森也跳出來對姚崇淵勸說，雖然他也恨不得快點抓到比希魔斯，但是那樣的高度跟樹木狀態，就算是處於對立狀態的姚崇淵，月森也不樂見他因此受傷。

「不……」

經歷宮成茜與月森的連番勸阻，姚崇淵仍是吐出了眾人不想聽到的答案。

「我不會在此止步……趁現在，比希魔斯以為待在高處就沒人動得了牠，並且也尚未警覺我們已經注意到牠的位置時，必須把握時機將牠拿下。」

雖然明白大家是為了他好，但這份心意……此次就讓他謝過吧。他姚崇淵，終於站在完成夢想的階梯前，只差一步，就只差一小步，他便能完成夢想，還能在之後幫到大家。

因此，明知有一定的風險，他也不能在此止步與放棄！

「可是……」

宮成茜本想繼續勸阻，但姚崇淵這回直接採取行動，迅速且小心翼翼地接近目標。其他人本想幫忙，但姚崇淵的動作實在太快也太急，一時間也不知該如何給予協助，只得眼睜睜看著姚崇淵抵達比希魔斯所待的那棵樹下。

確認比希魔斯尚未發現自己，姚崇淵嚥了一口口水，深呼吸，隨後就定下心開始攀爬。

爬樹的期間，每一步都要非常小心，不止要盡可能地小聲別動作太大，還要防止腳滑跌落。

姚崇淵努力地往上爬，腦海裡則想著待會要如何抓捕比希魔斯，同一時間，宮成茜等人眼在旁看得膽顫心驚。

姚崇淵已經很接近比希魔斯，隨時都可以一把抓住目標的狀態，宮成茜在心中祈禱著，希望能夠順利成功！

就在這時，姚崇淵打算一鼓作氣將獵物捕獲，他瞄準目標，伸出了手！

「姚崇淵小心！」

當下，宮成茜緊張大喊一聲，只因她看到姚崇淵在那一瞬間似乎重心不穩、身體明顯搖晃！

「啊！」

當姚崇淵的手就要碰到比希魔斯之際，重心不穩的情況下使他瞬間飲恨地從高處墜落！

「姚崇淵——」

顧不得比希魔斯會不會被驚動跑走，宮成茜直接衝上前去，急著地查看姚崇淵的狀況。其他人見宮成茜跑上前，也接著快快跟上。

這時比希魔斯早已不見蹤影，只有跌落在地上，看起來痛到昏過去的姚崇淵。

「唉，就跟這傢伙說不要衝動了……他會不會有事啊？」

宮成茜倉皇地扶起姚崇淵，見對方不醒人事，更加擔憂了。

「茜，妳先別緊張，他應該死不了，妳別忘了他現在是處於靈魂出竅的狀態，靈魂狀態就算這樣墜落實際上也不會傷及臟器。只是……」

「只是什麼？」

宮成茜馬上追問。

「只是……就算是靈魂狀態，受到這種程度的重傷，也會極為痛苦，清醒之後，應該一時半刻也會呈現宛如重傷的狀態。」

「什麼！這麼嚴重？」

宮成茜訝異地驚呼。

沒有抓到比希魔斯，又把自己弄得一身傷，聽起來就算沒死好像半條命也沒了，宮成茜眼簾低垂，同情地看著失去意識的姚崇淵。

「話說回來，造成這個結果的罪魁禍首，那隻白色毛球……到底又跑去哪了？我們接下來還要繼續抓牠嗎？」

將目光從姚崇淵身上暫且收回，宮成茜問向其他三人。

「前提是要知道那傢伙去哪了啊……嗯？」

就在阿斯莫德一邊回應，一邊轉頭看向宮成茜時，突然一個停頓。

「呃，怎麼了嗎？」

看到阿斯莫德直勾勾地看著自己，隨後也發現伊利斯、月森都用同樣表情注視她後，宮成茜納悶地問。

「成茜……妳……」

伊利斯看著宮成茜，又是一副話沒說完的模樣。

宮成茜十分在意，馬上皺眉追問：「到底怎麼樣？有話就快說啊！等等，我知道了……」

宮成茜起先有些不耐煩，接著口氣一轉，「你們該不會又想說我肩膀上有白色毛球吧？哈哈哈。」

用半開玩笑的口吻說著，然而，宮成茜萬萬沒想到自己的席話會得到這樣回答：

「茜……妳的肩膀上……真有妳口中的白色毛球啊……」

月森眉頭微蹙，像是有些難以啟齒地說道。

「啥啊？」

宮成茜一愣，順著眾人的視線轉頭一看……

圓滾滾的白色毛球就站在她左側肩膀上——這次，更是直接親暱地蹭著宮成茜的臉頰。

姚崇淵不惜跌成重傷也要抓到的目標，現在就這麼近距離地出現在自己面前，甚至親密地蹭著自己……

宮成茜不禁仰天大喊：

「這算什麼啊啊啊——」

第八章

天師重傷之後

Tuning Demon Project

在來到地獄之前，身為前三大天后作家之一的宮成茜，一直以來都忙得沒時間交男朋友。工作就是她的全部，身邊接觸到的人，不是編輯，就是行銷，而絕大多數都不算是可以讓宮成茜心動的俊男。

同樣的，由於讀者群大多為女性，仰慕她的讀者們也同為女性居多，更少有人反過來追求宮成茜。在此之前，宮成茜從未真正體會過什麼叫桃花氾濫，也總是對那些生活中很多異性追求的女子感到不以為然。

可是來到地獄之後，不止世界變了，就連桃花運都跟著一起天翻地覆地轉變，這點讓宮成茜直到現在仍是一頭霧水。

如果說在人世的異性緣叫做桃花運，那在地獄裡的異性緣……依宮成茜的認知，應該就是彼岸花運了吧？

只是，她的彼岸花運未免也太好——好到讓她都覺得困擾的地步。

來到地獄之後，身邊圍繞著一群各具特色、長相出奇俊美的男子外……現在，據說就連獸類都喜歡上她？

「這傢伙到底是怎麼回事啊？」

宮成茜眉頭深深鎖起，百感交集地看著掌中的生物。

「啾啾！」

白色毛球，拳頭大小，有著一對圓滾滾的大眼，還有圓滾滾的身軀，現正對著宮成茜發出可愛過頭的叫聲。

「看來比希魔斯真的很喜歡妳啊，宮成茜。」

阿斯莫德嘴角微揚。

宮成茜不是很喜歡那抹笑容，因為她很難分清其中究竟有沒有暗藏嘲諷。

「被這種奇怪的生物喜歡？我還真是哭笑不得……」

她的嘴角扯了扯，不知該擺出什麼表情。

她只知道，總之現在的情況是——據說她成功收編了傳說中的地獄巨獸比希魔斯，也就是她手掌心中的這個「小」毛球。

想起來真是可笑，一群人辛辛苦苦地在叢林中弄得萬分狼狽，甚至有人因此從摔成重傷，如此冒險犯難也無法將之收服的對象……宮成茜什麼也沒做，就只是出現在這團白色毛球的面前，便讓小毛球自投羅網。

多麼荒謬啊！

讓白色毛球這麼做的原因，純粹只是這團毛球出乎意料地喜歡上她而已！

「人跟毛球之間是不可能啊……話說回來我到底都幹了什麼，居然能讓這小傢伙喜歡上我……」

看著在自己手中跳來跳去的白色毛球，宮成茜莞爾一笑。

這樣會不會對姚崇淵太不公平呢？那傢伙可是賭上了一切，也要抓到這團小毛球呢……想必等姚崇淵清醒後，看到這團白色小毛球時也會哭笑不得吧。

「看起來比希魔斯真的很喜歡妳，也沒打算要逃開的意思，似乎是跟定妳了。」

看著對宮成茜啾啾叫的比希魔斯，阿斯莫德一臉複雜地苦笑著聳了聳肩。

「目前看起來是這樣……但晚點會不會跑掉就不曉得了。是說，真的不需要用魔法還是別的方法將這傢伙關起來，以防牠跑掉？」

宮成茜試著伸出另一手，想要輕輕地碰觸掌中的這團毛球。

一伸出手指，原以為這團毛球會閃避或逃開，想不到就這麼順利地戳了下去……

嗚哇，不得了，多麼可愛舒服的觸感啊啊啊——

「那個，茜，妳的表情有些崩壞了哦……」

月森汗顏地提醒。

「啊？是、是嗎！」

這才意識到自己的表情可能很不對勁，宮成茜趕緊收回觸摸毛球的手，轉而抹了抹自己的臉。

糟糕，這團白色毛球比想像中可愛療癒吶……

雖然嘴巴上說討厭，但這傢伙恐怕會讓她很快淪陷啊！

「關於妳方才提的問題，我只問妳一句，妳覺得有什麼方法可以讓一頭比一棟房子還巨大的野獸，乖乖地關起來嗎？很抱歉，我還真不知道有什麼法術或方法又或者籠子可以做到。」

阿斯莫德一邊說，一邊搖了搖頭。

「什麼？你的意思是……這傢伙真會變得超級無敵巨大？」

宮成茜訝異地眨了眨眼睛，直到現在她還是抗拒著這件事……也就是這團小毛球是地獄巨獸這回事。

「妳口中的這傢伙，是能控制身形大小的強大巨獸。」

阿斯莫德正色地回答。

宮成茜仍是不願相信地連搖頭，「不行不行！我還是不相信這麼小的傢伙會變得那麼巨大！」

向來最了解宮成茜脾氣的月森跳出來道：「茜，雖然我也不太相信，但是，我更相信阿斯莫德的話，他何時騙過我們了？」

「唔……月森哥這麼說也是啦……」

宮成茜面露掙扎的神色，咕噥著。

「怎麼月森說的妳就接受，我說的妳就不聽呢？唉，還真是讓我心痛啊。」

阿斯莫德做出一手捧心的動作，口氣哀怨地嘆道。

「阿斯莫德，你就別這麼說了，月森跟成茜認識的時間比你我還久，所以我向來都將月森視為強勁的情敵。」

伊利斯拍了拍阿斯莫德的肩膀，同樣感慨地道。

「伊利斯，你真不愧是我的朋友，還真是會安慰人吶。」

阿斯莫德一手扶著額頭，又是嘆了一口氣。

「但我聽了還真是有被安慰到了……不過，你們確實不能跟我相比，因為最了解茜的人是我。」

月森難得嘴角微微上揚，頗為自豪地輕輕地拍了拍胸口。

「啾啾！」

就在這時，比希魔斯激動地叫了起來，所有人的目光頓時集中在牠身上。

「剛剛牠叫那麼激動是怎麼回事？」

宮成茜納悶地看著手掌中的小毛球，有些驚訝。

「不知道，會不會是月森剛剛說的話惹惱了牠？聲音聽起來有點像是在抗議呀。」

阿斯莫德眉頭一挑，看著此時跳來跳去的比希魔斯。

「抗議？牠在抗議什麼？」

宮成茜更困惑了。

這時，後頭突然傳來一道有些微弱的聲音。

「牠是在說……牠也可以了解宮成茜……牠也要成為最了解宮成茜的人……」

聞聲轉過頭去，宮成茜第一時間回應：「小臘腸，你醒來了？」

「哪有人一醒來就得被叫小臘腸的啊……」

姚崇淵緩緩坐起身，疼痛讓他表情輕微扭曲。

「你還好嗎？還有你怎麼聽得懂小毛球說話？」

宮成茜趕緊來到姚崇淵的身邊，急切地連連發問。

「應該是死不了。但也痛得可以……現在可能還無法站起身……」

姚崇淵吃力地回答，「至於為何會聽得懂……那是因為我的本行是天師，靈獸的語言我多少有學了一些……」

「所以這小毛球也是靈獸的一種？」

宮成茜回過頭來看不知何時跳到自己肩膀上的比希魔斯。

「不管牠是什麼獸，我就是很難接受牠號稱地獄巨獸。」

「那是因為，妳還沒親眼見過牠的真正模樣……」

姚崇淵稍稍往後退了一點，讓自己的背靠在樹幹上。

「好吧，在我親眼目睹之前，我都不會相信也不願稱呼牠比希魔斯……對了，就叫漢堡吧？」

突然靈光一閃，宮成茜對著肩上的白色毛球問道。

「啾啾！啾啾啾！」

想不到這次白色毛球叫得比之前更多聲，宮成茜便馬上轉頭尋求解答。

「喂，姚崇淵，牠在說什麼？」

「牠說……牠乃地獄巨獸比希魔斯，就算是牠最喜歡的妳，也不能隨便替牠取這種綽號……」

用虛弱的聲音，姚崇淵帶點沒好氣的情緒回答問題。

「所以牠真的聽得懂人話……」

宮成茜有些訝異，下一秒馬上對比希魔斯道：「不可以這麼任性知道嗎？叫漢堡多好聽多可愛又多好記呀！」

「任性的人是妳吧，宮成茜。」

一旁的阿斯莫德聽不下去，馬上吐槽。

「少囉嗦，你們都別給我有異議。」

先是瞪了阿斯莫德一眼，接著回過頭來強硬地對比希魔斯道。

「啾啾……」

比希魔斯似乎因此敗陣下來，叫得有些委曲。

「能讓地獄巨獸哀怨得跟小媳婦一樣……這女人某種層面來說還真可怕啊……」

姚崇淵不禁輕輕地搖了搖頭，看著繼續用銳利眼神盯著比希魔斯的某女性。

「沒有異議的話，接下來我們就等你把傷養好，再出發到地獄第九圈吧。」

宮成茜摸了摸比希魔斯的頭，安撫了這小傢伙的情緒。

「不，用不著等我，妳忘了我們現在的處境嗎？可是待在有別西卜重軍駐紮的地方啊。」姚崇淵斷然回拒宮成茜的提議，「只要我能站起身……不管這個傷是否完全好了……就得快快進行下一步。」

「可是……」

「沒有什麼好可是，現在不是有比希魔斯在嗎？」

姚崇淵再次打斷宮成茜的話，「有牠在……我們就能實施原本的計畫……」

雖然根據原訂計畫，應當是由他親自收服比希魔斯，但是現在比希魔斯卻因為宮成茜的關係主動送上門……

他為此在內心裡掙扎了一段時間，總覺得好像沒有達到父親要求的標準。

然而，後來他又想想，無法達到父親的標準又如何？

以現實情況而言，比希魔斯願意跟著他們，能夠因此解決前往第九圈的問題，對姚崇淵來說已經比什麼都來得好了。

老爹，就讓他這不孝兒子偶爾叛逆一下吧！

「茜，雖然這樣聽起來對姚崇淵好像滿辛苦的，但是他說的沒有錯。」

月森接續道：「別西卜的軍隊對我們是一大潛在風險，唯有快點離開這裡才是上策。況且，既然姚崇淵有這份決心跟果敢，我們應該順應他的意思才對。」

「只有在這種時候才會稱讚我啊……這些男人某種層面來說也是很可怕……」

聽到月森這麼說，姚崇淵發出嘖的一聲。

「看來也只好這樣了……」

不知為何，宮成茜自覺她好像特別容易被月森哥勸動，不過這也不代表什麼對吧？肯定只是因為現實局面的問題，她必須做出最有利眾人的決定而已。

「不過，我有一個條件。」

宮成茜突然臉色一沉。「再怎麼趕著上路，也要顧慮到姚崇淵你現在的狀況，你剛說至少要等你可以站起來吧？現在依我看，應該是辦不到才對。」

視線落在姚崇淵的下半身，宮成茜評估了一會後道：「所以我的條件是，不管你會不會在今天站起來，今晚都給我好好休息一夜後再出發！」

話音落下，眾人一片沉默，與其說不知道該回什麼，更像是被宮成茜強勢的氣魄所懾。

最後，才有當事者本人姚崇淵回應：「我知道了……就照妳的意思吧……」

明白宮成茜是為自己好，而他確實仍站不起來，雖然宮成茜總是用這種一點也不溫柔的方式說話，但姚崇淵確實感受到了她的心意。

「我沒有意見，姚崇淵現在這狀況的確很勉強，只是我們要在哪過夜？」

月森一手扠著腰，提出另一個衍生而出的新問題。

「其實我剛剛也在想這問題。」

伊利斯一手托著下巴，應和月森的話。

「唔，這的確該想個辦法解決。」

宮成茜也被問倒了，眨了眨眼不知該如何是好。她方才只想到姚崇淵的傷勢，壓根沒想到落腳處的問題，真是太衝動了啊宮成茜……

「阿斯莫德，你有辦法嗎？」

百思不得其解，宮成茜將問題拋向阿斯莫德，她現在只剩這人能夠求助了。都已經跟繪里奈告別，也在吉原樓打擾了兩天，若是現在又回頭去找他們借住，總覺得太不好意思了。畢竟，吉原樓不是飯店民宿，而是正在經營的娼館啊！

「嗯，突然這麼問，我一時間也想不到辦法。」

阿斯莫德撓了撓自己的臉頰，略顯苦惱的模樣。

「該怎麼辦，總不能就睡在山裡吧？我們也沒有露營的裝置……」

別說遮風避雨的東西了，連基本能夠讓他們在深夜裡取暖的毯子都沒有，宮成茜心急了起來。

就在眾人陷入苦斯之際，宮成茜肩膀上又傳來聲音。

「啾啾！啾啾！」

「嗯？漢堡你想說什麼？」

宮成茜看向比希魔斯，眨眨眼問道。

「啾啾！」

比希魔斯又用略微尖銳的聲音叫了一次。

「姚崇淵，該請教你這個動物語言學專家了。」

實在聽得一頭霧水，宮成茜轉而向姚崇淵求救。

「什麼動物語言學專家……是天師的本領好嗎……」

姚崇淵先是吐槽了宮成茜，接下來又道：「不過既然妳都拜託我了，我也不是那麼小氣的男人……聽好了……比希魔斯剛剛所說的是……咦？」

「咦什麼咦？」

本來期待著能聽到解答，沒想到姚崇淵竟突然停下，宮成茜眉頭皺起急催。

「比希魔斯方才所說的意思是……」

姚崇淵嚥下一口口水，表情看起來似乎有些不敢置信。

「牠說……牠可以成為我們暫時的堡壘……」

姚崇淵一把話說完，所有人都訝然地微微睜大雙眼，好似每個人的腦筋都需要轉一下才能回過神來。

過了一會，宮成茜才愣愣地問：

「堡壘?你的意思是……這小傢伙要成為我們今晚遮風避雨的場所？」

不曉得自己有沒有解讀錯誤，不過聽在宮成茜耳裡大概是這麼一回事。

「我和茜的解讀是一樣的……姚崇淵，你能再幫我們問仔細點嗎？」

月森跟著提問。

「這個嘛……我試試看……」

姚崇淵面帶有些不確定的神色，他其實沒有太多的把握，還是轉頭向宮成茜肩膀上的比希魔斯詢問：「比希魔斯，你剛剛的意思……是像宮成茜所說那樣……要成為我們今晚遮風避雨的庇護場所？」

「啾啾！啾啾啾！」

比希魔斯依然用一般常人聽不懂的叫聲，回應姚崇淵的問題。

「嗯嗯……」

一邊認真聆聽比希魔斯的話，姚崇淵一邊做出托腮思考的模樣。

「如何？漢堡到底說了什麼？」

宮成茜趕緊追問道。

「牠的回答……的確如我們所設想的那般，牠要成為我們實質上的庇護場所，至少今晚是如此，為的是不讓牠喜歡的妳……吹風淋雨與煩惱……」

「還、還真是出人意表的回答啊……」

前面的回話就算了，後面那句又是怎麼回事？

不過是一頭白色小毛球，怎能說出偶像劇裡才會出現的臺詞啊？

宮成茜從此刻認定一件事——絕不能小覷這隻巴掌大的白色小毛球。

話說回來，這傢伙就算這麼說，是要如何實現牠的話呢？這個疑問，不只宮成茜有，其他人也抱持同樣的心態。

「我是很高興能聽到這樣的答覆……撇開後面那幾句話……但牠要如何兌現呢？」

「啾啾！」

月森才剛問完，比希魔斯馬上就有了回應。牠從宮成茜的肩膀跳下，快速地往前頭跑去。

眾人還以為是月森刺激到了比希魔斯，趕緊追上去。跟著跑了一段路程，最後來到一塊空曠處，是在這座深山中難得一見的平曠空地。

「牠帶我們來這裡是打算做什麼？」

宮成茜環望四周，對比希魔斯的行為毫無頭緒。

「嗯，我倒是大概曉得牠打算做什麼。」

「那你說說看啊，阿斯莫德。」

「呵，說穿了就沒有驚喜感了，妳好好期待接下來將發生的事吧，宮成茜。」

撥了一下過肩的紅色長髮，阿斯莫德曖昧地道。

「還真是惡趣味呀，就這麼想要我親眼見證嗎？」

雙手抱胸，宮成茜扁了扁嘴。

既然阿斯莫德都這麼說了，只能等著看比希魔斯會變出什麼花樣。

眾目睽睽之下，比希魔斯跑到空地的中央，圓滾滾又白胖胖的屁股面對著大家，看在宮成茜眼中還真莫名地可愛。

不過宮成茜心底也有另一道聲音告訴自己，這傢伙並不是為了賣萌而存在，儘管她不願承認……但這傢伙有個世人給牠的稱號，叫做「地獄巨獸」。

她有個預感，關於這個稱號的理由，應該很快就能知道答案。

「啾啾！」

比希魔斯轉過身來，圓滾滾的雙眼注視著眾人——與其說是眾人，牠的目光更像是穿過人群只鎖定宮成茜一人。

「漢堡……你到底想做什麼？」

宮成茜看著那小小的身軀，喃喃自語地問道。

這時，比希魔斯像是給予宮成茜一個肯定的眼神，隨後使出所有力氣跳了起來。

剎那，光芒大作，白色的光輝淹沒了一切，像是要吞併這個世界一般，讓本來在旁圍觀的人們措手不及。

這陣光很快就減弱，等在宮成茜一行人面前的景象，是超乎他們預期的畫面——白色毛球……不，比希魔斯用極快的速度增大，一眨眼的時間，已經從拳頭大小膨漲到比人還高，而且還在迅速地成長！

宮成茜看得目瞪口呆，傻在原地看著白色小毛球越變越大……最後竟然成長到如一棟兩層樓的建築般巨大！

「這、這就是……比希魔斯的真面目嗎？」

宮成茜愣愣地睜大雙眼，難以置信。

不止體積變得相當龐大，比希魔斯的外觀也有了驚人的變化，本來身上長滿白色軟綿綿的絨毛，經過變身之後，那些白色絨毛全部消失，變形成一根根尖銳剛硬的白色固態尖刺！

那些密密麻麻的尖刺，似乎就在比希魔斯身上形成一個強大且滴水不透的防護鎧甲，就如同當初姚崇淵所說的那樣！

宮成茜眨了眨眼，還是很難接受這突如其來的轉變，一時間不知該如何是好時。姚崇淵在伊利斯揹負之下來到她身旁，傳來一聲笑。

「哈……這就是我之前跟妳說過的……擁有絕對高防禦力鎧甲的比希魔斯。而這……也正是傳聞中『地獄巨獸』之名的由來。」

「真……真是不可思議……還真的變得如此巨大……」

除了驚嘆還是驚嘆。

宮成茜真不知自己先前在堅持與固執什麼……

地獄巨獸名符其實！

等稍稍冷靜下來後，宮成茜的腦海裡又重新浮上原先的問題：「是說……變大之後牠打算如何成為我們的庇護所？」

巨大化的比希魔斯似乎聽見了，突然一個大動作將肚子往內縮，露出一個空缺出來，形成拱門般的狀態。

「看，牠不是在回答妳的問題了嗎？」

姚崇淵一邊看向比希魔斯，一邊對著宮成茜說道。

「回答我的問題？你的意思是，所謂遮風避雨之處，就是比希摩斯那個往內縮的肚皮之下？」

如果可以，宮成茜真不想承認這件事，但看樣子好像是這麼一回事啊！

「妳還能奢望什麼？不過是在野外度過一晚，有比希魔斯可以為我們擋風避雨已經很難得了。況且，牠還是用自己的身體幫我們做到這種程度，換作是妳都不一定做得到。」

阿斯莫德拍了拍宮成茜的頭，像是要她的腦袋瓜子想清楚。

「這倒也是……沒想到漢堡……不，比希魔斯真能為我做到這種地步。」

雖然好像有點難以相信，宮成茜心想自己何德何能可以讓比希魔斯如此付出。他們不是才相遇沒多久嗎？慢熟的宮成茜很難想像，這傢伙竟如此之快可以替他人做到這程度。

看著比希魔斯，那個不久前還小得可以、在她肩膀與手心中跳來跳去的白色毛球，此刻變得如此龐大，宮成茜只覺得心裡感到一股踏實與溫暖。

或許，正是因為對方是一頭靈獸，比起人心更單純，才能出乎她意料地做到這地步吧？

話說回來，比希魔斯外形徹底改變，那麼……聲音呢？

那可愛的「啾啾」聲應該也會跟著變調吧？

常理推斷，聲音或許會變得粗重，甚至是洪亮萬分、震懾萬物的霸氣吼聲？

各種聲音在宮成茜腦海裡反覆模擬了幾回，然而就在這時，她很快得到了答案。

「啾啾！」

沒錯——比希魔斯的聲音還是維持原狀。

真要說哪裡不一樣……大概也只有音量的確稍微大了點，可是也沒到足以震壓四方的程度。

「那個……比希魔斯啊……不，我還是想叫你漢堡……」

宮成茜走向比希魔斯，伸手輕輕地碰觸對方頭頂上少數保留的一點軟綿綿絨毛，像撫摸自家孩子般溫柔。

只是，宮成茜接下來要說的話一點也不溫柔。

「我很感激你這般為我們著想與付出……但有件事我想要拜託你……」

「啾啾？」

抬起眼來，比希魔斯那大概各兩顆籃球那麼大的眼珠子，水汪汪地看著宮成茜。

「那就是——往後在敵人面前，千萬不要發出聲音。」

板著一張臉，宮成茜鄭重嚴肅地說道。

認真說，這樣絕對會被敵人看扁的啦！

第九章

夢中的白馬王子

Tuning Demon Project

人世很流行露營活動，但礙於各種因素，宮成茜從沒有參加過這類行程。家庭因素，父親離世與母親離異；工作因素，繁忙的邀稿與撰稿和累積稿量，也常將宮成茜的個人時間壓縮。

什麼時候能好好睡上一覺？

很諷刺地，在人世時她還真沒好好享受過。反而在地獄的時候，在月森哥、阿斯莫德、伊利斯與姚崇淵等人的陪伴下，她才能夠安心地進入夢鄉。

就算是像今晚這樣，露宿深山之中，對宮成茜而言就只是如同露營一樣，沒有太多的恐懼，更覺得有些新鮮。

想不到，在地獄裡竟能夠做到更多以往自己沒做到的事……讓她都一時間都快搞不懂，究竟哪裡才是地獄了。

宮成茜認為，自己在地獄裡相較下是幸運許多的人，不止不用背負著生前罪惡的刑罰，還有這麼一票人在旁協助自己。

好比如，此刻讓她依偎著、有了擋風避雨之處，甚至還能供給溫暖的比希魔斯，就算是巧遇的驚喜吧？

本來應該是姚崇淵的目標，但陰錯陽差……不，該說是命運的捉弄？讓比希魔斯意外成為她的俘虜。

靠得還不是實力，而只是奇妙的魅力……好吧，她或多或少該感謝這種奇特的吸引力，連獸類都拜倒在自己的石榴裙下。

今天若沒有比希魔斯，他們大概還在為今晚的去留苦惱，畢竟為了讓姚崇淵養傷，他們能夠選擇的地方不多。

此刻，在比希魔斯為他們「製造」出來的空間之下，她和其他人至少能夠安心地度過一夜。

依靠著比希魔斯，宮成茜還能感受到牠隨著呼吸而規律起伏的身體律動，而而且比希魔斯還很貼心地收起她倚靠之處的尖刺，使宮成茜用不著擔心被刺傷。

比希魔斯是人的話，一定是溫柔體貼的類型吧？搞不好還是白馬王子般的帥氣存在呢。

啊啊，真是的，她到底在胡思亂想什麼！竟然對一頭巨獸有了擬人的幻想！

不行不行，宮成茜啊宮成茜，妳得趕快入睡休息了，明天要是姚崇淵的狀況改善，就要前往別西卜大軍駐紮的地獄第九圈入口啊！

她有種預感，到時免不了又是一場大戰或緊張危險的節奏……

算了，別想太多，總之走一步算一步，她要相信姚崇淵提出的計畫，以及比希魔斯……

「嗯？」

就在宮成茜闔上雙眼之際，有道白色身影隱隱約約地出現在她視線範圍。

深夜時分，而且還是在荒郊野外，怎會有其他人的蹤影？

宮成茜揉了揉眼睛，只見白色的身影逐步靠近，身上似乎還帶著隱約光亮。這實在很容易讓她聯想到某種生物……嚴格來講不是生物，而是已逝的生物，也就是阿飄。

不過話說回來，地獄不就是阿飄的聚集地嗎，月森哥也是阿飄之一啊！

這樣想也就沒什麼好怕了，宮成茜心裡頓時安定許多，能好好注視那一步步朝自己靠近、不知有何意圖的白色身影。

與對方之間的距離越來越近後，宮成茜有些訝異，心中更浮現一股莫名的熟悉感，好像不是與對方第一次見面。

好奇妙啊……

眼看對方已經來到自己跟前，雙方仍沒有誰願意打破沉默，維持一種奇特的安寧。

真是太奇怪了。

向來警戒心強的自己，面對一個莫名走近的陌生人——而且還是個男人，如此沒有危機感，還真是出乎她的意料。

但正因為如此，她更想了解眼前這名全身純白無瑕的男子，想知道這人在深夜與深山中出現的原因，以及最重要的，接近自己的理由。

宮成茜仔細地打量著對方……噢，她才不會說自己是由於對方長得出奇俊美的緣故。

對方身高目測一百八十公分以上，身材精瘦，有著一頭銀白色的長髮，在夜風的吹動下微微搖擺。那人有著深邃的藍色雙眸，直挺的鼻梁，以及好看的雙唇，但整體給人的感覺就是蒼白。

蒼白毫無血色，就更符合宮成茜替他設想的身分，幽靈亡魂之類的存在。

姑且先稱這名男子為「白先生」好了，她接著打量白先生的衣著，一套類似西裝的褲裝打扮，西裝外套上頭則布滿了尖銳的銀色鉚釘，看了就讓人不想跟他近距離接觸。

蒼白外表跟那有些誇張效果的衣裝，宮成茜猜想，這傢伙應該是個讓人很有距離感的人吧？

冷面冰山高傲貴公子之類的？

宮成茜暗自揣測對方的性格時，對方突然打破維持好一陣子的沉默。

「唔……呃……」

「唔……呃……？」

對方開口第一句話就讓宮成茜愣住了，她完全無法理解這位白先生想說些什麼，難道是難以啟齒？或是欲言又止？

「唔唔……」

白先生歪著頭，從他發出的聲音來判斷，宮成茜覺得對方好像很困擾？

「那個……你想對我說什麼嗎？」

對方遲遲吐不出完整的句子，宮成茜乾脆自己主動提問。

「嗯。」

白先生輕輕地回了一聲，並且點點頭。

「那麼，你是想跟我說話但不知該如何說起？」

宮成茜又小心翼翼地提問，畢竟面對全然陌生的人，不知道對方底細之下，她還是小心為上的好。

只是白先生的回答讓她有些困擾，因為對方先是點頭，又搖了搖頭，弄得宮成茜一頭霧水。

「是？不是？還是說……你該不會不知道怎麼說人話吧？語言不通？」

實在不知該如何解讀對方的行為，宮成茜只得說出另一個相較下應該不太可能的猜測。

孰料，有時候還是會瞎貓碰到死耗子，就被宮成茜給矇中了——白先生一聽馬上點點頭。

宮成茜訝異地睜大雙眼，原來白先生聽得懂她說的話，卻不會用同樣的語言回應嗎？

「那你是為了什麼才來接近我啊……」

這才發覺語言有多麼重要，宮成茜一手扶著額頭，一臉困擾。

需不需要叫醒其他人來幫忙溝通看看呢？

但是其他人都睡得正熟，她還真不忍心將他們從睡夢中挖起。況且這位白先生好像是為她而來，應該沒必要讓其他人摻一腳。

這時，宮成茜突發奇想地想到一招。

她對著站在自己面前，像孩子般表現得有些坐立難安的白先生道：「既然用一般的語言無法溝通，那麼用肢體語言呢？」

瞧白先生一臉困惑的模樣，宮成茜補充道：「就是比手劃腳啊！或者直接用肢體行動作表示？」

宮成茜敢這麼提議，是由於她的直覺告訴自己，眼前這位白先生並不會做出傷害自己的行為來。

要說為何會如此果斷認定，主要是到目前為止，白先生都沒有做出除了出聲以外的動作，也和她保持一定的距離。

再說，倘若對方真想傷害她，她身邊有阿斯莫德這群人，隨時出聲求救都會有人反應。

更何況，她還有個地獄巨獸比希魔斯可以依靠呢！

白先生似乎思考了一下，一手托著下巴，想了一會後再次將目光投向宮成茜，發出了聲音。

「啊啊……」

宮成茜不解地看著發出聲音的白先生，雖然她一樣不曉得對方究竟想傳遞何種訊息，但她姑且可以判斷成這傢伙有聽進自己的話吧？

感覺真是不可思議，明明是人類的外表，宮成茜卻有種在跟野生動物對話的感覺。

不過，她並不討厭這樣的行為，甚至覺得有些有趣，畢竟像這樣的經驗少有啊！

「嗯嗯……」

白先生一邊注視著宮成茜，一邊像是表達肯定意思地點了點頭。

宮成茜眨了眨眼，想藉由自己的表情告訴對方，她此刻其實「不明白你的意思」。或許從現在開始，就已經進入宮成茜提出的肢體語言溝通階段了吧！

不過，宮成茜展現給對方看的表情，似乎沒有達到什麼效果。白先生沒有再用聲音和她溝通，而是又一步往前，朝宮成茜伸出一隻手。

「咦？你這是打算……」

宮成茜愣愣地看著對方，接著見白先生將手轉了過來，攤開手掌心，好像是在表達想邀約她之意。

「你是在邀請我的意思嗎？」

對方再度點了點頭。

宮成茜知道自己沒有猜錯後，反而猶豫了起來。一來她不曉得白先生邀請的意圖為何，二來她也不知道白先生的底細，就算她直覺上認為這個人無害，還是必須謹慎一點才行。

只是……看到白先生像個呆愣愣的野生動物，杵在原地一直伸手邀請她的模樣，宮成茜心裡有些動搖。總覺得如果不答應，好像會傷了對方的心。

她看了身旁熟睡的伙伴一眼，眼簾低垂地思考……不，更像是掙扎了一會後，最後還是伸出手，覆在白先生的掌心上。

「我答應你的邀請。那麼，接下來該由你告訴我要做什麼了吧？這可是紳士該有的風度和禮貌哦。」

宮成茜在將手覆上對方手掌，能從對方掌中感受到微微冰涼的體溫。

在地獄裡，手心冰涼的人很常見，宮成茜不以為意。

白先生輕輕握起她的手，露出一抹微笑，好似在回應與答謝宮成茜願意相信他。

宮成茜一時間看傻了。

白先生的笑竟是這般純粹可愛，讓她更有些招架不住了。

宮成茜振作啊！

不過是一抹笑，妳難道就被擊倒了嗎？

宮成茜不斷告誡自己，還是要保持警戒，就算現在已經跟著人家走了……

這時，白先生伸長脖子，朝向左前方的一棵大樹發出聲音。

「唔唔，哈啊。」

「好吧，我還是不太懂你想表達什麼……你想要走到那棵樹下？」

宮成茜順著對方的視線看去，心想應該是這麼一回事。

「嗯嗯！」

白先生連連點頭。

只是，大半夜的，白先生帶她到樹下的原因……她有點在意。

嘛，反正等等就能知道了。

兩人就這麼牽著手來到不遠處的樹下，那裡地理位置偏高，宮成茜費了點力氣才爬上去，不過還不至於氣喘吁吁。

一登上那座小丘陵，宮成茜首先感受到那棵樹的雄偉——遠看還不覺得，親自站在樹前才被它的高大驚豔。

「吶吶。」

白先生站在宮成茜的身旁，一臉開心的模樣，眼神看向前方，興奮地叫著。

宮成茜不禁莞爾一笑。

白先生雖然有著成熟俊美的外表，個性卻像個天真的孩子，和平常待在宮成茜身邊的那群人很不一樣。

明明兩人之間沒有正常的言語溝通，卻透過言語以外的觀察與表現，讓宮成茜能夠看到對方真實一面。

或許就是少了言語的攻防與修飾，才能更快更透明地進入一個人的心靈之中吧？

在白先生的牽引下，兩人坐到大樹之下。他們位於高處，前頭又無其他遮蔽物，白亮亮的月光灑在他們臉上。

「今天的月亮好圓好亮又好大啊……」

宮成茜坐在白先生的身旁，雙膝屈起，雙手則抱著膝蓋，仰起頭來看向天空中的月亮，看起來十分放鬆。

「嗯嗯。」

白先生點了點頭，嘴角也揚著笑，姿勢則跟宮成茜一模一樣。

兩人併肩坐著，從互動的氣氛來看，好像不是第一次見面般，而是認識彼此許久的熟人。

宜然自得、清雅閒適的氣氛，讓宮成茜不禁陶醉在這迷人的時分之中。

原先那些警戒幾乎都一掃而空，只剩下一股愉悅的心情，和身旁這名男子共賞今夜的月圓。

「你該不會就是專程帶我來看風景的吧？」

宮成茜一手撐在自己的下巴，轉頭詢問。

「唔……嗯。」

被宮成茜這麼一問，白先生先是有那麼一點踟躕，接著同意了對方的說法。在他雪白的臉頰肌膚上，似乎浮現隱隱約約的紅暈。

宮成茜忍不住摀住嘴巴竊笑，不過是被說穿了動機，這傢伙就臉紅起來了啊？到底該說是單純，還是太過可愛了呢？

深怕自己偷笑被發現，宮成茜趕緊抹抹臉，裝做什麼事都沒發生。

她一邊看著美好的月夜，一邊道：「說也奇妙，像你這樣的陌生人我本來該很排斥才對，對你卻總有種很奇特的熟悉感……但是，我可以確定一件事。」

宮成茜輕輕地拍了拍對方的肩膀，露出一抹燦笑。

「在我至今為止說長不長、說短不短的人生中，你是唯一一個帶我出來看夜景的男人。」

笑著對白先生這麼說，宮成茜的話裡沒有半點虛假，只有一份帶著感謝與欣喜之意的真誠。

這一抹笑，讓白先生一時間傻住了。

彷彿是要將他魂魄勾走一般，那樣好看與觸及心靈深處。

白先生僵直地看著宮成茜，一時半刻沒有任何回應。

宮成茜笑著問：「怎麼啦？難不成我的笑太有魅力，把你徹底吸引住啦？」

才問出口，在她眼簾之中的男人微微低下頭來。

「啊，這邊剛好有一些掉落的花，我以前很會編這些玩意……」

轉過身去，拿起落在草地上的數朵白花，宮成茜開始將這些零碎的花編織成一個花冠，「喏，給你。不錯嘛，你戴起來挺好看的。」

宮成茜笑得雙眼都瞇成彎月狀，然而這時的白先生停頓了一下後，突然做出令宮成茜意想不到的行為。

「唔！」

毫無預警的——白先生張開雙手用力地抱住宮成茜。

「你、你在幹什麼？」

宮成茜有些錯愕，臉上是措手不及的倉皇神色，可是說也奇怪，她並不討厭這種感覺，甚至不排斥繼續被對方抱著。

而且更奇怪的是，她好像也不是第一次和這人親密接觸？

不對啊，她和白先生是第一次見面吧？這到底是怎麼回事啊？

「嗯！」

對方一如既往沒有用任何可以理解的言語回應，僅僅只是擁抱著宮成茜，緊瞇著雙眼，看起來好像有些激動。

「唉呀，我說你，本來還以為你是個害羞的人，想不到原來挺主動的。」

乍聽之下以為宮成茜從容地在虧對方，實際上，她只是在掩飾自己內心的波濤洶湧，還有那一分其實有些沉醉在這個擁抱裡的眷戀。

所以她才說，人類的言語就是用來修飾與遮掩啊……

「啊啊……」

白先生將自己的臉貼在宮成茜肩膀上，抱著她的雙手力道沒有半點減弱，身體還有點微微顫動，從他嘴裡發出的聲音，隱含著一股壓抑的情緒。

好似只需再扯動一下他的神經，所有如大海般洶湧的情感就會傾瀉而出，淹沒所有理智。

「那、那個有什麼話好好說啊，別抱得這麼緊啦……啊，對吼你不會講人話……」

被抱了好一會，就算是不排斥對方的情況下，宮成茜也開始感到害臊跟尷尬。她輕輕地拍了拍對方寬大厚實的背，試著解開這個局面。

對方終於稍稍鬆開了手，將宮成茜往後推開，只是雙手仍按在她的肩膀上。

宮成茜不曉得對方為何突然激動了起來，但至少目前看來沒有傷害她的意思。

只是，她現在更納悶，此刻白先生凝視自己的雙眸好像有些濕潤朦朧？看起來格外曖昧。

才剛有這種想法的宮成茜，下巴被人輕輕挑起，稍微仰起頭來，與在她面前的男人相互凝視。

在浪漫的月光洗禮下，幽漆寧靜的夜裡，眼中只有彼此的兩人……宮成茜心跳得很快，怦怦地用力跳動，她隱約知道接下來將會發生什麼。

肯定和偶像劇演的一樣吧？

這種時候，能夠做的也只有——

「喂，醒醒！」

「別吵，沒看到我正要……」

「正要什麼？妳做了什麼噁心的春夢嗎？」

男人的語氣聽起來有些刺耳。

「春你個頭……咦？」

宮成茜反射性地想打人之際，這才睜開雙眼，發現自己正靠在比希魔斯的身上，而不是在某個丘陵地的大樹下。

當然，身邊也沒有那位差點接吻的對象。

「怪了……我到底……」

傻愣愣地查看四周，宮成茜一時迷惘了。

「哼，肯定是做了春夢，才會一副魂不守舍的模樣，剛剛就見妳笑得很詭異才想將妳叫醒。」

叫醒宮成茜之人正是姚崇淵，一臉不屑地說道。

宮成茜根本不把姚崇淵放在心上，她還在回想那竟只是一場夢嗎？

白先生，以及那如此真實的感覺……到底是……

「嗯？」

宮成茜轉頭查看，眼尾餘光瞄到一個似曾相識的東西。

「這不是——」

在她倚靠的比希魔斯身上，嚴格來說是在牠的頭上——戴著編織精巧漂亮的白色花圈。

尾聲

意想不到的追擊，
追你追到天荒地老

Tuning Demon Project

地獄第八圈與第九圈邊界入口處。

「呼……」

宮成茜深深吸一口氣，再緩緩吐出。

終於來到這一刻，她準備要進入通往第九圈的入口——前提是她要能順利進入。

現在，她和阿斯莫德等人藏身在靠近第九圈入口處的外側樹叢之中，與入口通關處還有段距離，大概兩公里的長度。

問題不在於距離，而在於這一帶駐紮著別西卜的軍隊，此刻，一支支隊伍在前頭巡邏徘徊，又或者正在進行軍事訓練。

根據之前打聽到的消息，這裡就是別西卜訓練大軍的地方，沒有特別為什麼原因，就只是剛好他們挑在第九圈入口處附近空地進行。

宮成茜看著人數眾多的黑色軍隊，心情十分沉重。

「啾啾？」

比希魔斯跳到宮成茜的肩膀上，發出關切的叫聲。

「嗯，沒事的，小漢堡，有你在。」

宮成茜輕輕地摸了摸蹭著自己的白色小毛球。

實際上，對於這頭白色小毛球，宮成茜留有一點疑惑。好比如，昨晚那個夢裡的白先生，跟比希魔斯之間究竟有沒有關係呢？

啊啊，如今不是想這個的時候啦！

「聽好了，待會就直接出奇不意地闖過去，由於我目前的狀態不便活動，會由我指揮比希魔斯，而其他人則負責準備武器應戰。」

姚崇淵壓低嗓音對所有人道。

他的狀況雖然比先前好，至少可以稍微起身走動，但若要他進行作戰，恐怕還沒那麼合適。因此他才會將負責作戰的工作指派給其他人。

「明白了，總之若能像你當初預估的那樣，應該沒問題才對。」

宮成茜點了點頭，接著轉過頭對比希魔斯道：「小漢堡，待會我們就靠你了喔！就當作是為了我。」

「啾啾！」

比希魔斯馬上激昂地回應。

姚崇淵忍不住吐槽：「想不到妳這女人還真懂得怎麼操控人心啊……不對，算是動物的心吧。」

看準時機，宮成茜一行人做好準備後，比希魔斯瞬間變身成龐大的巨獸模樣，眾人趕緊跳上牠的背。

比希魔斯的變身立刻引來別西卜軍隊注目！

姚崇淵下達命令：「比希魔斯，快起飛！朝正前方的那道關口前進！」

一聲令下，比希魔斯的背部兩側伸展出一對翅膀，如同一對碩大的白色鳥類羽翼，有力地拍打起來，迅速騰空飛翔！

別西卜的軍隊發現了上頭有頭號目標，有著醒目紅髮的阿斯莫德存在，立刻朝他們發射子彈攻擊！

槍聲四起，宮成茜抓緊比希魔斯的身體，起先還有些害怕與緊張，但身旁的伊利斯、阿斯莫德與月森都毫不猶豫地展開回擊，她知道自己這樣不行，便牙一咬，鬆開手，拿出「破壞F4紅外線」，跟著加入反擊行列。

在眾人的反擊下，以及比希魔斯迅速地往目的地飛行，他們轉眼就快抵達通往地獄第九圈的入口！

正想說原來這麼簡單就能成功之際，天空中竟傳來另一種聲音。

「那聲音是……戰鬥機！」

宮成茜回過頭去，赫見他們附近的上空出現戰鬥機！

一道熟悉的女性聲音，透過廣播傳出。

「妳逃不掉的，宮成茜！」

宮成茜腦海裡馬上浮現某個女人的名字。

「杞靈？」

杞靈不止是當初害她下地獄的罪魁禍首，後來更是待在別西卜身邊的危險存在！

「糟了，沒想到我們打算用飛行硬闖的事竟被他們料到！」

就連平時冰山面孔的月森，都在此時變得緊繃起來。

「我不止要把妳拖入地獄，宮成茜！我還要——」

杞靈透過廣播器擴大的聲音，響亮刺耳地傳進宮成茜耳裡。除此之外，宮成茜等人還聽到另一種聲響。

「不妙！」

宮成茜愕然地睜大雙眼，倒抽了一口氣。

「我還要——將妳打得魂飛魄散，連待在地獄裡苟活的資格都沒有！」

隨著杞靈的話音落下，戰鬥機身伸出的砲彈槍管，也像是應和她的話一般，轟然發射！

在這一剎那，宮成茜的腦海裡，高速地飛過那不曾有過的跑馬燈記憶片段。

——《惡魔調教 Project 04》完

高寶書版集團
gobooks.com.tw

輕世代 FW244

惡魔調教Project04

作　　者　帝　柳
繪　　者　愁　音
編　　輯　林紓平
校　　對　林思妤
美術編輯　林鈞儀
排　　版　彭立瑋

發 行 人　朱凱蕾
出　　版　英屬維京群島商高寶國際有限公司臺灣分公司
　　　　　Global Group Holdings, Ltd.
地　　址　臺北市內湖區洲子街88號3樓
網　　址　www.gobooks.com.tw
電　　話　(02) 27992788
電　　郵　readers@gobooks.com.tw（讀者服務部）
　　　　　pr@gobooks.com.tw（公關諮詢部）
傳　　真　出版部　(02) 27990909　行銷部 (02) 27993088
郵政劃撥　19394552
戶　　名　英屬維京群島商高寶國際有限公司臺灣分公司
發　　行　希代多媒體書版股份有限公司/Printed in Taiwan
初版日期　2017年10月

國家圖書館出版品預行編目(CIP)資料

惡魔調教Project / 帝柳著.-- 初版. -- 臺北市：
高寶國際, 2017.10-
　冊；　公分. --

ISBN 978-986-361-424-1(第4冊：平裝)

857.7　　　106006672

三日月書版

三日月書版

GOBOOKS
& SITAK
GROUP©

GOBOOKS & SITAK GROUP©